# 「糸屋百貨店」始末

坂上万里子
Sakanoue Mariko

編集工房ノア

創建当時の糸屋百貨店

（下）「婦人の友」創刊時の写真。表
人影は本屋の売り子さん

旧糸屋百貨店跡地。池田市栄本町1-8
撮影2023年６月

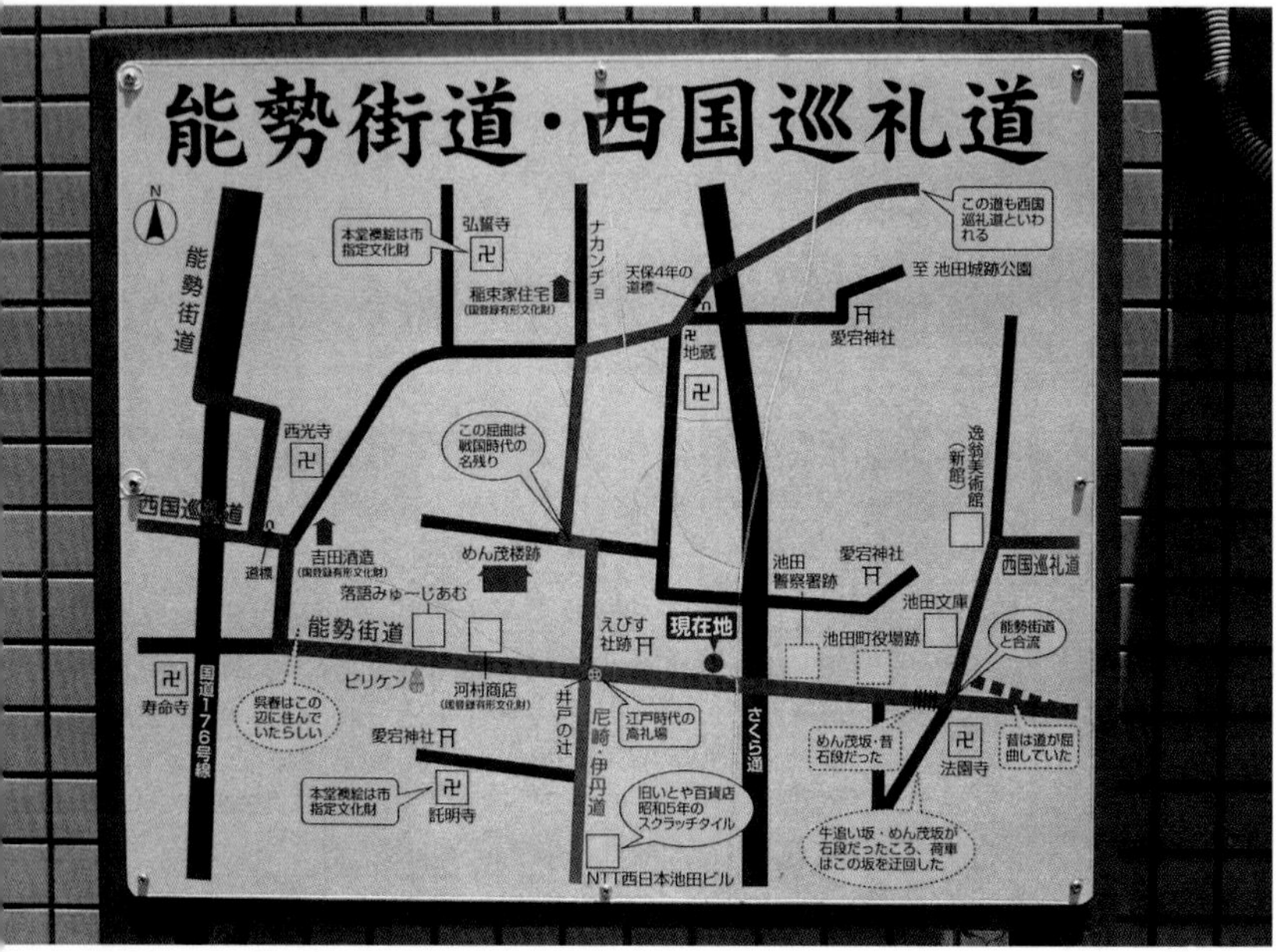


（上）NTT 西日本池田ビルに「旧いとや百貨店昭和５年のスクラッチタイル」と明記されている。現在も一部残されている（左下）
（右下）サカエマチ２番街入口。右側が旧糸屋

「糸屋百貨店」始末――目次

装画　薄井　俊
装幀　森本良成

# 「糸屋百貨店」始末

# プロローグ

子供は親の話を聞かないという。けれどそれはその話が説教になるからで、昔語りであればどうであろうか。

私は幼い頃から母の昔語りが好きであった。私は第一子で、母の二十一歳の子なので、母の子供時代はほんの二十年ほど前のことであった。間に太平洋戦争を挟んでいるため戦前、戦後というだけでもまったく別の時代のような気がした。まず、お金が違った。母は五十銭もらって買い物したと話したが、私の時代に、そんなお金は存在しなかった。兵隊さんもいなかった。人々はみんな洋服で、着物を着るの

は、正月など特別な時か、年寄の人の普段着という具合に、すべてが変化していた。

だから、母の子供の頃の話を聞くのは、おとぎ話のようで楽しかった。

母の実家は、大阪府の池田市、私の生家は大阪市内で、阪急電車でほんの三十分ほどの距離であった。しかし、大阪市内と言っても畑の広がる生家の周りと比べると、池田のおばあちゃんの家は、商店街の中の郵便局で、何倍も賑やかで輝いて見えた。そんな町の中で、母はどんな生活をしていたのだろう。

ある時、母がふと言った。

「あの頃は、おじいさんは、百貨店してやったから」

「えっ、百貨店」

私は絶句した。子供たちにとって、百貨店は、玩具売り場と大食堂と屋上遊園地の集合体で、一年に何度か連れて行ってもらえるテーマパークのような場所であった。

(それを自分で持っていたって、どういうこと。今、そんなものはどこにもないのに)

小学生の頃の驚きが、私が、この物語を始める原点のように思われる。

## 奥田屋

池田は昔から、大阪の北摂地区の交易の要所であった。多くの街道が交わる位置にあった。

大阪から妙見山に至る能勢街道をはじめとする小さな街道がいくつも池田を通っていた。山から、炭や、栗などの果物、猪肉などが、運ばれてきた。特に、炭は、池田炭と呼ばれる一級品で、茶会の必需品であった。

京都から下関、九州に至る西国街道とは、北の山を抜けるその一部、山崎道につながっていた。高槻に出ると、京の入り口、東寺口は目の前であった。明治になっても、この道を通って、京都からの品物が、池田に運ばれてきた。

西国道は西宮から先は、中国道とも呼ばれ、昔から西への幹線道路として使われていた。西の特産品が、池田に集まった。

各地の品物を集めて、大阪に運ぶ集散地として、池田に商人たちが集まったので、商人宿や商店街ができ、賑わっていた。

古くから池田は豊かな地であった。

池田に、「がんがら火」という無形文化財に指定されている火祭りがある。一六百年代の半ばから続いている祭りで、八月二十四日の地蔵盆の夜に、五月山《さつきやま》に灯された大文字の火を、ふもとの神社で大たいまつに移し、男たちが数人で抱えて町内を引きまわすのである。この時に、火事場装束をした前ぶれの男が鉦を打ち鳴らすところから「がんがら」の名がついたという。これを始めたのは町の商人たちであったようだ。

私は子供の頃、この鉦の音が怖くて、大人の後ろに隠れるようにして見ていた。怖いのを我慢したのは、すぐ後で、猪名川の花火があったからで、河原のむしろの上で見る大きな打ち上げ花火は、夏休みの一番の楽しみであった。現在は、混雑を避けるため二つの行事は、別の日に分けて行われているようだ。

明治初期の商店街は、現在の本町商店街と同じ位置であるが、店は全部北向き、今とは反対を向いていたらしい。

この中に、奥田屋の店があった。奥田屋は、江戸時代の末、銅貨などの小銭を扱う両替商であった。江戸時代の両替商というと、大判小判などの大金を扱い、大名に貸し出していた大店を思い浮かべるが、それとは違う、銅の小銭を扱うのを主にした小規模な店も多くあった。商店の取引には、こちらの方が必要だった。しかし明治政府が金本位制を敷いて、全国一律の通貨を設定すると、小さな両替商は、とても大手のように銀行に変身してゆくだけの財力を持ってはいなかった。

奥田屋も同じで、明治に入ると、金物屋として生計を立ててゆくことにした。農家や近所の人々からたのまれたものをそれぞれの職人に造るように手配したり、大阪の大きな店から仕入れてきたり、という商いの仕方をしていたようである。

奥田屋は屋号で、苗字は今田といった。今田米《よね》の祖父の時に、家督を継ぐ者がなく、するという娘を、遠縁から養女にし、するが長じると鶴吉という婿養子を迎えて家督をつないでいた。

こういう相続の形は珍しいものでなく、家中心の時代にはあたりまえであったようで、家を絶やさないためには実子でなくてもかまわないし、養子にするのは女子でもかまわなかった。

するに子供ができれば、家は続いてゆく。子なきは去れとか言われるが、江戸時代にもいろいろな相続方法があったようだ。

幸い、この夫婦には姉娘の米と弟の進之助の二人の子が育って、奥田屋はたえることはなかった。

## 米と進之助

明治二十七年の大晦日のことである。

奥田屋の裏木戸が控えめだが、性急にトントントントンとたたかれた。

（また、進之助がやらかしたにちがいない）

いやな予感がして寝付けなかった米は、寝まきの上にはんてんを引っ掛けて、木戸を開けに出た。

「姉やん、かんにん。お父はん、もう寝たはるやろか」

飛び込んできた進之助の後から、懐手した男が一人、影のように入ってきた。一目でかたぎ者でないとわかる。付け馬である。

「百円、何とかしてほしいねん。今日全部やのうてもええよって」

進之助は、涙声になっていた。

「博打かいな」

進之助は、夜な夜な、大阪の新地あたりへ出かけて行き、賭場にも出入りするようになっていた。

初めてのことではない。が、金額が大きすぎる。

「ちょっと待っとき。お父はん起こしてくるさかい」

あるだけの金を用意して、その場を収めたのは、奥田屋の当主、鶴吉である。

この時、鶴吉は、すでに五十をこえていた。

明けて正月、鶴吉は、米を呼んだ。

「奥田屋は、わての代で終わりにする。進之助には、継がせられん。今、新町に建てている店はお前のもんにする。今田の家は、お前が守ってくれ」

鶴吉は、本町通りから、新町通り商店街に店を移そうとしていた。新町は、猪名川べりで水運の便がいいと人気になりはじめていた。

「あの店はわてのために」

「そうや、新町の店は呉服屋にしようと思ってな」

米は、父が、先のことを思い悩んでいるのをずっと見てきていたので、この決断を断れないと思った。婿養子として、奥田屋を守ってきた父にとって、進之助を見限るというのはつらい決心のはずだ。

「奥田屋の名は、わてが継ぐの」

「それは、進之助ともめるもとになったらいかん。新しい屋号を使え」

「けど、お父はん、屋号は信用やと、ずっと言うてきゃはったのに、ええのか」

「ご先祖には、申し訳ないが、今田の家は守れる。奥田屋は、わてと進之助を一緒にほおむることになる」

米はため息をついた。

「屋号が信用なんやない。信用は後からついてくるもんや。新しい屋号は、呉服屋やから、糸屋でどうじゃ。まずは、跡取りとなるお前の婿を決めんとな」

進之助をあきらめると、娘の米に婿を取って、後継ぎにする必要がある。米には、突然の出来事ではなく、ひょっとしたらと思っていたことであった。鶴吉は、二十になっていた米の縁談を、今まで決めようとしなかった。近隣の幼な馴染や、親類の娘など、年下の女たちは嫁に行き、子供が二人などという娘もいた。米を嫁に出さないのはこの日が来ることを、鶴吉が予期していたからとしか思えなかった。その通りになってしまったという思いと、どこかほっとした思いとが、米の中で交錯した。

これで、奥田屋今田進之助は、相続するものをなくした。その数年後、明治憲法下の、民法が施行されて、家を存続するのが難しい跡取りを、禁治産者に認定してもらうという制度ができる。この制度は、家の存続のみを第一に考えられたもので、禁治産にされた人の人権などは無視されていた。このなかに準禁治産というのがあって、浪費をするというのも該当した。そこで、鶴吉は進之助を禁治産者として届け出た。米の負担を考えてのことであった。禁治産にされた人は、財産の処分や、借金などが、自分の名ではできないことになっていた。

池田は、古くから活気のある土地柄で、商店街の他、商人宿や料理屋に加えて、呉服座《くれは》という芝居小屋があった。地方巡業の一座が入れ代わり立ち代わり興行を打った。

「今度のんは、面白いって」

「けど、あては、今度の役者はんより、進さんの方がええ男やとおもうわ」

「わてもや」

などという会話が、若い娘たちの間で交わされるほど、進之助は評判の美男で、二十にもならないうちに、飲む、打つ、買う、の三拍子揃った遊び人になってしまっていた。

禁治産となった進之助は、どうなったのであろうか。意外にひどい扱いではない。鶴吉は、進之助に銭湯を建ててやり、その管理を任せた。本業以外の生きる道はちゃんと与えてやっている。男前の進之助には、芸者だった押しかけ女房が来た。とてもしっかりした女だったので、進之助も、心を入れ替えて後の人生を幸せに全うしたそうだ。

## 奥田屋から糸屋へ

鶴吉は早速、米の婿養子を探し始めた。

この頃、ほとんどの縁談は、縁続きの知り合いの中からとか、地域の有力者の世話などが当たり前であった。

米の婿になったのは、母すゑの遠縁になる松田喜助であった。米より、七歳年上の二十七歳、池田の南、畑《はた》という地区の農家の三男であった。畑地区は、農地が主で、里山には、果樹園が点在する農業地区であった。

喜助に、この縁談話が持ち上がった時、松田家には、二人の部屋住みの息子がいた。長男は松田家の家督を継ぎ、次男も嫁を取って分家していた。残った二人にとって婿養子の話は、将来の大事な選択肢であった。

特に、三男の喜助にとっては、独立のいい機会であった。

長兄は喜助に言った。

「お前は、物言わずじゃ。商家の跡取りというのは無理かな」

いやなら、弟に回すという意味だった。

喜助は、すでに心を決めていた。奥田屋には栗などを届けたことがあった。米の母するゑの出所であった松田家にとっては、今田の家は娘をもらってもらったということで、お辞儀筋にあたる。家の子供を養子や嫁入りでもらってもらった相手には、節季ごとに届けものをして挨拶するという習慣があった。もらった側は、お返しをするのが通例であった。喜助は、そういうお使いの折に、その娘をみかけたことがあったのだ。きれいだとか、いい人だとかいう印象は特になかったが、客に必要なものを的確に出してくる様子が好ましかったのを覚えていた。

「わしに、行かしてください」

喜助はきっぱり言った。このままいても、自分の力を試すことはできないだろうと思われた。新たな可能性にかけてみたかった。

喜助は、残っている写真から見ると、この物語の男たちのうちで、一番のハンサムである。ただし、これは現代の目で見るからで、そんな話は少しも伝わっていない。米が、喜助の見た目に引かれたということはないようである。無口で、怖い顔だと思っていたようだ。

米はというと、弟の進之助が、池田に聞こえた美男であったにもかかわらず、大きなおでこで、おかめの面に似た福顔であった。おおらかな性格を合わせると、商家のおかみさんにはぴったりの娘であった。

二人の結婚を機に鶴吉は奥田屋を金物屋から呉服屋に商売替えし、店名も糸屋と変えた。娘を跡取りにしたためであった。そんなに簡単に商売がえできたわけは、すでに不明である。娘の米が、呉服屋を取り仕切ることができたのはいくらか見様見真似のようなことがあったのではなかろうか。

さらに、鶴吉は店舗を、本町から、水運の良さで、そのころ一番にぎわっていた猪名川べりの新町に移している。力の入れ方はかなりのものである。進之助をあきらめ、米に譲るつもりで、用意していたと思われる。

金物屋と呉服屋は、現代から考えると、まるで関係のない商売のようであるが、明治時代以前の衣生活は、糸から布を織り、それを仕立てて、衣服になるというのが一般の人が衣類を手に入れる方法であった。そのための機織り機、糸繰り機、裁ち鋏や裁縫道具などの扱いは金物屋の時にもあった。

明治二十八年、二人は、呉服店から新生活を始めることとなった。
早々に喜助は、商人としての米の感覚に、とても追いつけないと思い知った。

客の顔を見たとたん、

「ようおこし。探したはった半襟、これでどうだっしゃろか」

差し出すタイミングは絶妙で、

「ええなあ。これにするわ」

客も思わずひきこまれた。

喜助は、そおっと米に聞いた。

「お客の好み、皆、覚えてるんか」

「なんとなくや」

「ふうん……」

控えを取るわけでもないのに、家族のことや、前に買ってもらったもの、好みなどが自然に出てくるので、米の対応は、スムーズだった。喜助は、とてもかなわないと舌を巻いた。

そのうち、米が言い出した。

「あんさんが、そないに怖い顔して店にいやはったら、用心棒みたいや。お客さんも、店のもんも、そばに来にくいわ」

困った顔の喜助を助けるように、米は言った。

「しばらく、船場へいといなはるか。お付き合いのある問屋はんが、船場にあるさけ、布やら、糸やらのことを、調べてきておくなはると、ええんやないかと……」

喜助は、この問屋に修業に出ることとなった。糸の種類や、新しい柄の織り方、染料の使い方など、習うことはいくらでもあった。喜助は、技術的なことには本領を発揮した。調べたり、工夫したり、新しいものを作ったりするのが、大好きであった。

喜助を預けることのできる大阪市内の問屋があるのは、父鶴吉の縁であろう。鶴吉とするゑは、隠居はしたものの、喜助の留守には店の手助けができたであろう。ただ、鶴吉、するゑが、いつ亡くなったかは不明である。

喜助の修業は、ひと月の半分を池田で、後の半分を船場で、二年ほども続いた。おかげで喜助は様々な技術や、商家のしきたり、習慣なども身に着けることができた。

その間に、長男謙吾が誕生していた。

## 米の子供たち

米と喜助の子供は三人。長男謙吾から五歳離れて次男為三郎、さらに六歳離れて長女治枝である。他に子供はいない。

明治時代、子供は産んでも半分位しか育たないというのが普通で、幼児死亡率などから考えると、米の例は珍しい。

米は後に「あてら、子育てなんて楽なもんやったわ」と、語ったとか。

子供たちが、どんな生活をしていたかは、今となっては知るすべがない。しかし子供たちのその後を見ると、彼らがどのように育ったのか想像できる。時代の変遷とともに追っていこう。

謙吾。明治二十八年生まれである。前年明治二十七年、日清戦争勃発。二十八年に、日本は勝利して、富国強兵への意識は否が上にも高揚した。この風潮は謙吾の小学校時代まで、続いていた。

十年後、明治三十七年、日露戦争が勃発、これもまた、ロシア革命などの影響があって、日本の劇的勝利のうちに終わっている。この時の提灯行列は池田でも行われたから、謙吾の記憶にしっかりと残ったであろう。謙吾は頭がいいというよりは、頭のめぐりが速いタイプの子供だったようだ。他の組とのけんかなどの時には、知恵を発揮して組のリーダーとして人気があった。

当時、子供たちの間にも、講談が流行し、少年向けの講談本が出て、戦記物は、大人気であった。なかでも、大阪が舞台の真田十勇士は人気があった。謙吾も、講談本の戦記物や戦国時代の武将の話が大好きだった。学校で仲間を集めては合戦ごっこをした。

「また、呼び出しかいな」

米は謙吾から、小学校の先生からの手紙を受け取って言った。米は、そのたびに学校へ出かけなければならなかった。

「すんまへん」

教室で担任の教師が待っていた。

けんかの大将は謙吾。級長でもあったので、何でもクラスの中心にいた。

「忙しいとこ、わるいな。またやりよった。五人で、隣の組に勝ちよった」

先生は、むしろうれしそうだった。

「落とし穴で、けがした子がおったんでな」

「えらいこっちゃ」

「いや、たいしたことはないんじゃ。擦りむいたぐらいや。あんたんとこも商売柄、知らん顔もまずかろう。相手は、酒屋のぼんやでな。挨拶しとき」

「へえ、おおきに」

そういうことが、しょっちゅうあった。

謙吾の夢は、明治末期の男の子の憧れ、兵隊さんであった。謙吾は小学校から旧制中学さらに関西大学予科に進む。頭はまずまずよかったのであろう。大正四年、二十で徴兵検査甲種合格、その後の訓練期間に将校試験を受けている。これは、上官の勧めなどもあったのだろうが、本人の希望であった。

ただ、将校試験受験には、考えにくい点がある。なぜなら、将校になることは、職業軍人の道を選ぶことである。商家の跡取り息子が、職業軍人というのは、親の望むところではない。

戦前は徴兵制で、甲種合格の男子は皆兵制で、いつ軍隊に呼び出されるかわからない時代であった。謙吾が検査を受けた頃の日本は、戦争に巻き込まれておらず、ヨーロッパ中心の第一次世界大戦（一九一四―一八）に名ばかりの参戦をしているだけで、長子は徴兵されることは少なかった。

では、どうして謙吾は軍人になったか。先のような子供の頃の強いあこがれの記憶から、思わず将校への誘いを受けた際に断れなかったのではないか。そして、そういう「侍」意識がその後もずっと、謙吾を支配していたように思われる。

これはずっと先の話であるが、謙吾は自分の子供に、幸利、正康、則子と名をつけている。まるで、「侍」の名のようであると、私には思われる。

謙吾誕生の五年後、次男の為三郎が生まれる。私が気になったのはその命名の仕方である。なぜ、長男とちがうのか、また次男がなぜ三郎なのか、残念ながら今となっては知ることは難しい。

為三郎は、おっとりした性格の子供で、争いを好まなかった。謙吾とは四歳半離れていたので、腕力では兄にかなわなかったせいであろうか。

また、為三郎は小学生の頃から、強度の近視であった。

「お前はどんなに頑張っても甲種合格、でけへんわ」

と、謙吾から言われ続けていた。

謙吾に比べて、為三郎は背が高かったが、近視の者は兵隊になれないことになっていた。ただし、太平洋大戦後期には、兵隊が足りなくなり、丙種の者も徴兵されるようになっていくのであるが、この頃の為三郎とっては、これが一番のコンプレックスであったろう。

そのせいか、為三郎は、自分の進路を早くから教員となることに決めていた。池田には、小学校の教員育成のための師範学校があった。小学校を出ると、普通の中学には進まず、師範学校に行く道を自分で選んだ。卒業後、小学校の教員となり、三十歳で校長になり、戦後も、池田市教育委員会に入りと、教育畑一筋に生きた。

性格は穏やかで、人を笑わせることが好きであった。兄とは違い、落語や漫才が好きだった。池田の呉服座には、地方巡業の一座だけでなく、落語の高座や漫才などがかかった。池田には、芸能好きの風土があった。

為三郎は、どんな時も、家の稼業にいっさい手を出さなかった。一つには、謙吾より先に親の反対を押し切って、恋愛結婚したためか、母の米と妻の安江の相性が悪かったせいもあるかと思われる。安江は、大正時代の流行画家竹久夢二の絵から抜け出たような美人で、呉服屋という商売にはうってつけのように思われるのだが、商家の娘ではなかった安江は店に立つ気はなかった。だからといって、為三郎は親と縁を切るということはなく、普通に実家に出入りして、米を最期まで看取った。

さらに六歳離れて誕生した長女の治枝は、米には高齢出産で、時間のかかる難産であった。この年は丙午《ひのえうま》で、この年生まれの女は、男を食い殺すといわれ、嫁にいけないなど言われた。末娘であったため、みんなにかわいがられ、大事にされて育った。兄弟と言っても十一歳、六歳年上の二人の兄にとっては、けんか相手にもならなかった。

この、華奢で、ちょっと気のきつい、思い切りのいい、気まま娘の治枝が、私の祖母である。

三人三様で自分の好きなように生きているように見えるのだが、それが、喜助と米の個人を尊重する育て方であったのか、ただただ商売に忙しいのにかまけての放任であったのかは、よくわからない。

## はじめの事件

何をもって、はじめという言葉を使うかであるが、ここでは明確な目標がある。糸屋百貨店は、どうしてできたかである。およそ百年前の事件から始まる。

大正七年、謙吾は世話する人があって、池田の南、石橋地区の旧家石田家から妻をめとった。妻の初枝は、謙吾より四歳年下で、評判の美人であった。直前に二十の為三郎に恋愛結婚をされてしまった米は、意地でも立派な家から、きれいな娘を選んで謙吾の嫁にしたがった。初枝は申し分のない娘だったが、商家の出ではなかった。

店の者たちは、

「きれいなごりょんさんやけど、飾り棚に、置いとくようなお人やな」と、陰口をきいた。

大正八年の三月、池田の石橋地区で、事件は起きた。

「すんまへん、遅うに」

七時に店を閉めてすぐ、戸を叩くものがあった。

「石橋の石田からです。うちのこいさん、来てはらしませんやろか」

こいさんというのは、大阪方言でお嬢さんのことのように思われているが、そうではない。糸さんというのが、お嬢さんにちかい。女の子に「とおちゃん」と言ったりするのは、糸さんの変形。小糸さん、略してこいさんは、一番小さいお嬢さんという意味、こいさんは末娘にしか使わない。真ん中の娘は何と呼ぶか。中糸さん、なかちゃんと呼ばれていた。

糸屋の番頭が答えた。

「いいえ。来たはれしまへん。どないしゃはりました」

「この時間になりましても学校からお戻りがないので、手分けして、聞いて回っております」

「どないしゃはりましたんやろな。なんぞ、お手伝いしましましょか」

「いえ、もし、来はったら、よろしゅうに」

という会話が交わされた。

聞いていた初枝は、気色ばんだ。

「おかしいわ。松子は学校帰りに寄り道なんかする子やない」

初枝の妹、松子は大阪市内の梅花高等女学校の五年生、治枝も同じ女学校の一年生であった。松子も初枝同様、美人で評判の娘であった。


翌日昼過ぎ、謙吾は着物を軍服に着替え、足にはゲートルを巻いた。大阪城本丸にある陸軍師団司令部から呼び出しがかかっていた。

この頃の謙吾は、在郷軍人会北摂地区付きの将校なので、ほとんどの日々を、家業の呉服店を手伝って過ごしていた。お役を務めあげた軍人上がりの老人の世話や、地区の徴兵検査の準備、地域の雑用などを実行する程度のことで、月に数日しか、勤務らしいものはなかった。子供の頃からの夢が実現して、職業軍人となったのに、雑用ばかりで、将校らしい仕事は何もなかった。親は、安心したかもしれないが、謙吾には、肩透かしを食らったようなつまらない日々が続いていた。

阪急電車を終点の梅田駅で降り、大阪城までは歩いて一時間はかからない。建設中の御堂筋の大道りから中之島を通る道は、新しい大阪の息吹きを感じられ、ここを通るのが、唯一この任務の楽しみであった。

春にはまだ早いので、桜の名所のこの辺りも川面からの風がうすら寒かった。腰のサーベルのコマが道路をこすってキーキー音を立てた。

司令部で、顔なじみの将校が待っていた。

「まただ。大阪朝日にこれを届けてくるように」と、薄い封筒を渡された。

「はっ」と、敬礼を返す。


この頃、大阪朝日新聞は、第一次世界大戦後の世界の軍縮を推進する動きを、支持する立場を取り、軍部の、特に陸軍の大陸侵攻を批判する記事を多く載せていた。

その当時の主筆で、取締役でもあったのが高原操である。高原は、福岡出身、京都帝大法科卒、大正デモクラシーをリードし、軍批判の先鋒であった。

大阪城から西区江戸堀の大阪朝日本社までは、阪急梅田への帰路の途中である。

謙吾はもう何度かこの役目を仰せつかっている。

(これが軍人としての務めか)

中国で若干のきな臭い動きはあるものの、謙吾には何の影響もない。

大阪朝日に着くと、今日は、いつもはいない高原主筆がいるという。謙吾が高原に会うのはこの時が初めてであった。

「大袈裟やな。どこへ行くねん」

高原は、謙吾の正装を眺めながら言った。

謙吾は、サーベルまで下げた正装である。

「これを」

「いつものやろう。わかっとるって」

封筒を開けようともせず、横に置いた。

「あんた、どこの人」

「北摂在郷軍人会の」

「ちゃう、ちゃう。どこに住んでるの」

「池田です。阪急宝塚線の」

「池田か、ええとこか」

「あ、はい……」

思わず答えていた。

「そうか。仕事終わったら、わしも住みたいと思ってな」

高原は、四十五歳を超えていて、当時は五十歳定年であったが、取締役であることを考え合わすと、どの程度の本気であったかはよくわからない。が、その後実際に、池田の室町住宅の住人になっている。

謙吾は、この伝令を終えると、中之島を抜け、梅田の阪急の駅まで歩いて帰った。大阪を南北に貫く御堂筋は、まだ完成しきっておらず、道は広いところも、まだ立ち退いたばかりの建物が残っていて、狭いままのところも残っていた。メインストリートから少しはずれただけで、古い商店や、小さい店、夜の街、北新地に繋がる路地などが混ざり合っていた。

その雑踏のむこう、大阪駅のそばに阪急線の終点梅田駅があった。駅前には、二階建てで、小さめのスーパーのような、青果店鮮魚店を合わせた店が、阪急マートとしてできていた。他に、小さな雑貨店や、一杯飲み屋などが雑然と建っていた。池田の商店街と大差ない。謙吾は、阪急マートの中でみやげに塩昆布を買った。


（ふーん。どないなもんにするつもりやろか。小林はんは）

「小林はん」というのは、阪急電鉄の生みの親、小林一三のことである。大阪人ではなく山梨の人で、三十代から、箕面と有馬温泉を結ぶ鉄道計画に加わることになって、関西にやってきた。しかしこの計画は頓挫する。

明治四十三年、小林は一人で大阪市内と兵庫県宝塚を結ぶ鉄道を作り上げた。日本で初めての私鉄開通である。

池田は宝塚線の真ん中くらいにある駅だが、車庫があるので池田発の各停普通電車と、宝塚からの急行が停車する便利な駅であった。

この池田駅の西側の農地を、小林は鉄道敷設を公言する前に安く買い占めていた。その土地を室町住宅として開発する。百軒余りの建売住宅で、中産階級の需要にこたえるために考えられた日本初の割賦販売の住宅街であった。住宅ローンの始まりである。百坪ほどの敷地に四十坪ほどの家という、当時のサラリーマンにも手が出る範囲であった。小林の都市計画と経営の新鮮さは謙吾のような若者にもワクワクするものであった。

小林は池田に自宅も建て、亡くなるまで住んだ。その住居は小林一三記念館として、また美術工芸品を集めた建物は、逸翁美術館として、今も池田に残されている。

謙吾が池田駅に着くと、駅前は、いつもより人が多くざわついていた。

「かわいそうにな」

「電車降りたら、道はもう暗いもんな」

「どこで見つかったって」

「畑の中に埋められてたって」

この噂話に思い当たることがあった。松子の話にちがいない。

池田付近の子女は、阪急宝塚線開通のおかげで、大阪市内の上級学校に通うことができるようになっていた。ただ、市内に出られてもさらに乗り換えなども必要となるので、帰りは思ったよりも遅くなることがあった。遅くなると、最寄りの駅から、家までの夜道は必ずしも明るいものではなく、特に、女子の冬の通学は危険を伴った。

謙吾は、走るようにして、店に戻った。

「おかえりなさいませ」

「ようおかえり」

「おかえり」

奉公人たちの声には答えず、謙吾は、ゲートルを急いでといた。

「初枝は」

「それが……」

番頭が口ごもった。

「奥の部屋に、こもったきりで……」

謙吾は離れに急いだ。

「初枝」

そこには、後ろ姿の女が、髪を乱して肩を震わせていた。いつもの人形のように美しい姿とは違って見えた。肩に置かれた謙吾の手にふり返ると、

「うちに帰りたい」

それだけを、かすれた声で言った。目は泣きはらしていた。謙吾は、頷いてやることしかできなかった。

次の日、初枝は、石橋の実家に戻っていった。そして、今田の家に戻ることはなく、離縁してくれるようにとの願いが届いた。その後、今風に言えば、鬱であろうか、神経衰弱で亡くなってしまう。

謙吾にとって、初めて味わう理不尽、自分では、何ともしがたい不幸であった。

大正十年のことである。

## 町会議員に

最初の妻初枝の死から四年後、謙吾は二度目の妻栄子を迎えている。栄子は兵庫県伊丹の昆陽《こや》の人で、実家は昔から漢方薬用の植物を育てていた。栄子は京都の公家の家に行儀見習いに出て、花嫁修業をした人であった。大正十四年四月、謙吾は、三十歳で町議会選挙に立候補し、トップ当選をはたしている。長男幸利《ゆきとし》も生まれて、順風満帆であった。

ここで、一つ疑問が起こる。軍人にあこがれ、職業軍人になり、仕方なく家業の商売を手伝っていた謙吾が、なぜ町議会議員になったのか。

これには、父の喜助がすでに議員であったので、そのかばん持ちをして、町議会に出入りをしていたという事実がある。喜助は、特に政治に関心があったわけではなく、名誉職を望んでいたわけでもなかったが、真面目で誠実な人柄から、商店街の代表として、請われて議員となっていた。

大正期、選挙は公選制ではあったが普通選挙ではなく、ある程度の税金を払った人たちだけの代表を、議会に送るためのものであった。池田の選挙人の数およそ千人。政策よりは、それぞれの勢力の覇権を主張するのが仕事であった。民衆のためにというような政治の観点は入り込むことはなかった。そのため、旧家の人々と、商店などの新興勢力との間で、いざこざがたえなかった。


謙吾が初の普通選挙（選挙人の数が各戸の戸主の男子で、納税額による制限のなくなった選挙）になって立候補したのは、父の後を継ぐためではあったが、それだけではなかった。謙吾には池田をもっと良くするにはどうすればいいか、見え始めていた。

謙吾にそう思わせたのは、松子の死後、池田の人々が署名活動をし、私立の高等女学校を設立させたことだった。襲われて、亡くなる女学生を守るためには、通学時間のかからない近くの学校が必要だという主張だった。署名はすぐに集まり、学校を開きたいと思っていた真言宗寺院の思惑が重なって、一年で宣真女子高等女学校が開校した。その速さと、人々の力に、謙吾は、初枝の死に何もしてやれなかった自分を顧みて、驚きを持ち続けていた。

さらに、軍人になった初めは、いかに敵と戦うかという戦略を考えることが使命と思っていたが、何のために戦うのかということが気になりだしていた。謙吾の好きな戦国武将たちも、自国の人々を豊かにし、平和に暮らせるようにするために戦っていたということに気づき始めていた。謙吾は、自分が池田をよくするために、立候補しなければならないと気づかされた。子供のころからの人を引き付ける力と、人々の憧れの兵隊さんの姿をしていたことで、トップ当選を勝ち取った。

この公に対する使命感と、百貨店経営にのりだそうというアイデアに、いつ謙吾がたどり着いたのかは類推するしかない。それには、いくつかの根拠をあげることができる。

一つは、選挙は、お金のかかるものだったこと。当時は政治資金規制法などないので、反対勢力に勝つには、近隣の行事にお金を出したり、自分の味方のグループに資金援助したり、後援者との付き合いなど、全て自費で賄わねばならなかった。つまり、政治の世界に身を投じることはお金のかかることであった。喜助が、長年かけて、地道に稼いできたので、糸屋には、それなりのお金や不動産が蓄えられていたが、「湯水のように」と言われる政治の世界で使うお金を、いつまでも支えていけるほどではなかった。

謙吾は、そのためのお金を稼ぐ必要があった。ただの呉服屋ではとてもやっていけなかった。思いついたのが、梅田で建設予定であるという百貨店であった。阪急電鉄社長であった小林は池田に住んでいた。しかも、謙吾の政敵の池田の旧家とはつながりがない。小林は二十歳以上年長であったが、同じ夢を追っている謙吾の相談相手になってくれたのであろう。

当時の日本の百貨店はどんなものであったのだろう。

東京には明治三十年代から、三越、松坂屋、白木屋などが、開店していたが、関西には、地元の百貨店はなかった。白木屋の支店が、小さな出張店舗を梅田に開いているだけであった。

百貨店の前身は、ほとんどが大手呉服店である。なぜだろうと思っていたが、今も繁華街の店は、女性の服飾の店であることを考えると、今も昔も女性の衣生活というのは、常に商業の中心になるものなのだろう。

宝塚線に加え神戸線、京都線を開通させた小林一三は、三つの路線の集まる大阪梅田に関西初の百貨店を開こうとしていた。特に宝塚線は、宝塚終点に大遊園地を計画していたので、端から端まで有効活用できる妙案だった。両端に集客する施設を建設するという私鉄経営方法は、その後全国に広がることになった。百貨店の経営をする電鉄会社が多いのは、この小林の経営にならったもので、関東の小田急、東急、西武、関西の阪神、近鉄などである。

阪急百貨店が大阪梅田に開店したのは、昭和四年、鉄筋七階建ての堂々たる洋風建築である。糸屋百貨店の開業が、この一年あとであることを考えると、それ以前から計画しなければ、謙吾が百貨店を建てるのは不可能であろう。

記録に残る事柄の一つに、昭和二年、東京三越が池田地区に出張販売（主に呉服や貴金属など）の許可を申請し、地域の商店街などの反対により取りやめになったという出来事がある。池田の商店街には、当時、呉商会という呉服屋中心の組織があって、しっかりした連携が保たれていた。これに議員の謙吾や喜助が絡んでいないとは考えられない。

反対理由は、百貨店は、商店街の利益を損ねる、であった。百貨店を企んでいる謙吾にとって、ぜひ阻止しなければならない事柄であったろう。しかし、この時には、まだ糸屋百貨店の計画は秘密で公開されていなかった。

「大丈夫か。こんな反対理由で。自分の足引っ張るようなもんと違うか」

喜助は、眉を曇らせた。

「もう、方策は考えてある。今は、しょうがないけど、先ではみんなを説得してみせる」

謙吾は、自信満々だった。

それは、百貨店を株式会社にして、出資者を募るというものであった。さらに、テナント形式の出店も合わせた。謙吾は関西大学経済の予科を出ていたが、勉強というより、小林一三から得た知識であろう。

話を聞いた呉商会の人々は、

「そんなもん、ほんまにできるんかい」と、あきれる人と、

「すごいな。梅田の阪急とおんなじになれるで」と、その新しさを称賛する人に分かれた。

糸屋百貨店は、今田家だけのものとしてではなく、池田の商店街の人々をも取り込む形のものとなって公表され、呉商会は発展的に解消した。謙吾は、株式会社として出資金を集めることができ、商店街の人々の中から後援者をも得たのであった。

謙吾は東京以外では、日本中の都市にまだなかった近代的百貨店を、大阪の一近郊都市に造ることに成功する。

三越の進出を阻んだ時には、すでに謙吾の頭の中に百貨店構想が浮かんでいたはずである。

## 治枝に婿を取る

もう一つ、謙吾が百貨店開業を考え始めたのはいつかという疑問を解く鍵になる事柄がある。妹治枝の結婚である。

治枝は大正十五年、十九歳で河井末男と結婚している。糸屋百貨店開業の五年前である。嫁入りではなく末男を婿に迎えたのであった。

かわいい一人娘であったとはいえ、立派な跡取り息子があって、なお、娘を嫁に出さないというのはなぜか。治枝は華奢で、着物の似合う呉服屋にはうってつけの娘であった。米は、忙しかったのか、かわいくて、わがままを許しすぎたのか、治枝に、ほとんど花嫁修業をさせていない。治枝は、料理も裁縫も掃除も、家の中の家事が全く嫌いであった。治枝が励んだのは琴の稽古だけで、師範の免状をとっている。音楽は大好きであった。米は、どこか使用人のたくさんいる大家に嫁にやるつもりだったのだろうか。

喜助と謙吾から婿取りの提案を受けた時、米は、どこかほっとした気持ちになったのではないか。これには、内々の事情が関係していると思われる。

百貨店計画を実行に移そうとした時、謙吾は、三十歳。池田町議会議員で中心人物になろうとしていた。喜助は、六十歳間近で、隠居していい年である。

「為三郎は、手伝うてくれへんやろか」

謙吾が言った。

「ふむ、難しいな」

喜助の思った通り、為三郎は、首を縦に振らなかった。

「わしは、もう商売の道へは戻らん。教職は小学校出た時から決めた道や。あきらめてくれ」

為三郎は、深々と頭を下げた。

二人の計画は、そこで、行き詰まった。実際の業務をこなしてくれる人間が、身内にいないのである。そこで、二人が思いついたのは治枝であった。評判の小町娘治枝には、女学校を卒業すると、あちこちから縁談が舞い込んでいた。が、米には、この人こそと思う人が、まだなかった。

というわけで、婿取りの話は、とんとんとすすんだ。治枝の婿を世話したのは、謙吾の妻栄子の実家、小原家である。伊丹で薬草園を持っていた小原家は、大阪の薬問屋街、道修町の薬屋数軒と取引があった。婿となった河井末男はこの薬屋の一つ、二宮製薬の社員であった。

社長の二宮忠八は、日本で初の飛行機を作った人として有名であるが、その後は製薬会社を起こし、大阪の道修町に社屋を持っていた。忠八は四国愛媛の人で、末男の妹を妻としていた。その縁で、末男も愛媛八幡浜から大阪に修業に来ていた。そのため末男は製薬技術や販売だけでなく、経営や経理も含め見習い中であった。末男は男八人女二人の兄弟の末の男の子であったので、末男という名であった。つまり、自分の身の立て方を自分で考えなくてはならなかった。そのどれもが、今田家にとって、都合のいい人物であった。

これは一種の政略結婚である。昔の大名がしたように、妹を自分の仕事の道具にしたといえないこともない。しかし、この二人、意外に感覚が似ていた。治枝は、お転婆だがお洒落で、人の前に出ても物おじしない娘であった。末男は、愛媛から大阪に出てきていたので、田舎者と思われるのを嫌った。三つ揃いの背広にワイシャツ、袖にはオーデコロンという洒落者であった。末っ子だったので、二人とも甘え上手であった。治枝は無理に結婚させられるという感覚はなく結婚したようである。末男は嫌っていた名前を今田明彦と変え、新しい生活に踏み出した。この明彦が、昭和五年、糸屋百貨店創業の際の専務である。

つまり、この結婚の時、百貨店の構想は出来上がっていたと考えるのが妥当であろう。

## 糸屋百貨店

糸屋百貨店が建てられた場所は、新興の田中町商店街と、昔からの本町商店街が交わる角、阪急池田駅から徒歩五分である。この土地は、もともと喜助が手に入れていたもので、米が、その半分を天理教に寄付したものの残りであった。

建築は鉄筋三階建て、洋風の飾り柱、飾り窓、正面屋上には糸屋の商標、糸巻のマークがついていた。このような本格的な鉄筋コンクリート造りが、どこの市井の大工にもできるものとは思えないので、これは小林一三の紹介があったと考えるのが妥当であろう。残念ながら、設計者や建築会社などの資料が残っていないので、全容を知ることはできない。

一階には、化粧品、装飾品、本屋などが並んでいた。これらは、今でいうテナントで株主の人たちが出店していた。池田に印刷所があった主婦の友社はこの本屋で「主婦の友」創刊号の売り出しを行っている。この時の写真が残っていて、華やかなものであったようだ。

二階は衣料品で、主に、糸屋が商品を並べていた。この頃の衣生活はほとんどが和服であったので、生地を京都から取り寄せる上物が畳の間に広げられるようになっていた。それだけでなく、普段着の着物用の生地、少しだが洋装の男女の服も用意されていた。三階には、小物や履物の店が並んだ。

開店と同時に一家をあげての営業が始まった。男たちが営業や挨拶に回ったが、治枝と栄子も、今でいうモデルの役割を負っていた。治枝は三歳、二歳、零歳と三人の子供を抱えていたが、新しい着物のご披露には、室町の自宅から出勤した。徒歩十分ぐらいだが、子連れでは大変だったろう。それでも治枝は家にずっといるより、新しい着物を見せて売り場を回る方が好きだった。子供たちの面倒は母の米や姉《ねえ》やがみた。

店には月に何度か、京都から新しい反物が入ったが、その中で一番気に入った反物を治枝は自分用に仕立てさせ、それを着て館内を巡り、営業を行った。

「そろそろ、治枝はんが来ゃはる時間やで。今度の新しいのんは、どんなんやろか」

と、待つ人があるほどの人気になった。

栄子は目立つのは得意ではなかったが、息子を小学校に出した後、末の娘を連れて出勤してきた。栄子の選ぶ着物は地味だったが、それはそれで参考にする人がいて、かくれた人気があった。

三階には、下着や和装小物、履物などが並んだが、メインは景色の見渡せる食堂であった。阪急百貨店に倣ったもので、阪急も、最上階の七階に大食堂があった。三階には事務所があって、喜助や明彦が仕事をしていた。謙吾は町政を優先していたので、いない時が多かった。

新町の糸屋の店は、今田家の居宅でもあったので、たたむことはなく、近隣の人々のための普段のものや、百貨店から取り寄せて新町で受け取る人のために開けていた。米に毛糸編みを習いたい人たちもやってきた。米は、おおかたは新町の店にいて、店番と孫の守をした。

小学校一年になった則子と治枝の長女光子が、学校帰りに糸屋百貨店に寄ると、一階の化粧品売り場の店員や、本屋の店員から「お帰り」と声がかかり、おまけの色紙や紙風船がもらえた。それを持って三階の事務所に立ち寄った。

「今日はじいちゃんしかおれへんのんか」

「そんなら、お昼はまかないや」

「オムライスがよかったのに」

二人はささやきあった。

三階の食堂は、客用と従業員用に分かれていて、オムライスやカレーライスは客用にしかなかった。従業員は、百貨店のいろいろな店を合わせると四十人余りいたので、まかない食もたくさん作られていて、干物や野菜の煮物などであった。喜助は、家のものが客用のメニューを食べるのをきらったが、明彦は、子供たちに好きなものを客用から運ばせてくれた。

屋上には、遊具やのぞきものがあったが、二人はとっくに、同じものに飽きていた。しかし、当時、三階建ての建物などなかったので、見晴らしの良さには、飽きることがなかった。北東に五月山、南東には箕面の山々が見渡せた。

「あれ、じいちゃんの松茸山や」

「今年も山ですき焼きするかな」

「きっとな」

喜助は手に入れた山で、従業員の慰安に、野外すき焼きなどを催した。この時代、松茸は今ほど高級品ではなかった。

一年のうち一番人気のあったのは、誓文《せいもん》払いで、今でいうバーゲンセールである。特売や廉売に、人が集まったが、子供たちの楽しみは喜助が作る一番大きなショーウインドーの飾りだった。喜助は、しかけを考えるのが好きで、動く工夫を凝らした。

「じいちゃん、あの白い雲みたいなんはなに」

「裏から見てみ。扇風機が隠してあるんや。風で、あの薄い布が動くんや」

喜助は楽しそうだった。

これは、私の母光子の記憶によるもので、語る母だけでなく聞いている私たちも、夢のような世界に思われた。

池田の人々の反応は様々であった。

「梅田まで行かんでも、池田で十分ええもんがそろう」

と、喜んだ人もいたが、

「ドア開けたら、そろいの引っ張り着た売子さんが、みんな揃ってこっち見はるから、ちょっと行きにくい」

という人もいた。

従業員四十人余りは、喜助が昔からの知り合いから若い女性を集めたので、地域の新しい雇用を生み出したといえるだろう。

参考に、糸屋百貨店の内部を記憶していた方のネットの記事から、その見取り図を参照させていただいた。（左図版参照）

一階の裏の生鮮食料品の売り場は別棟ではなく鉄筋の建物が、木造の建物に繋がるようにできていたようである。この記載は、母の記憶とも一致しており、信頼の

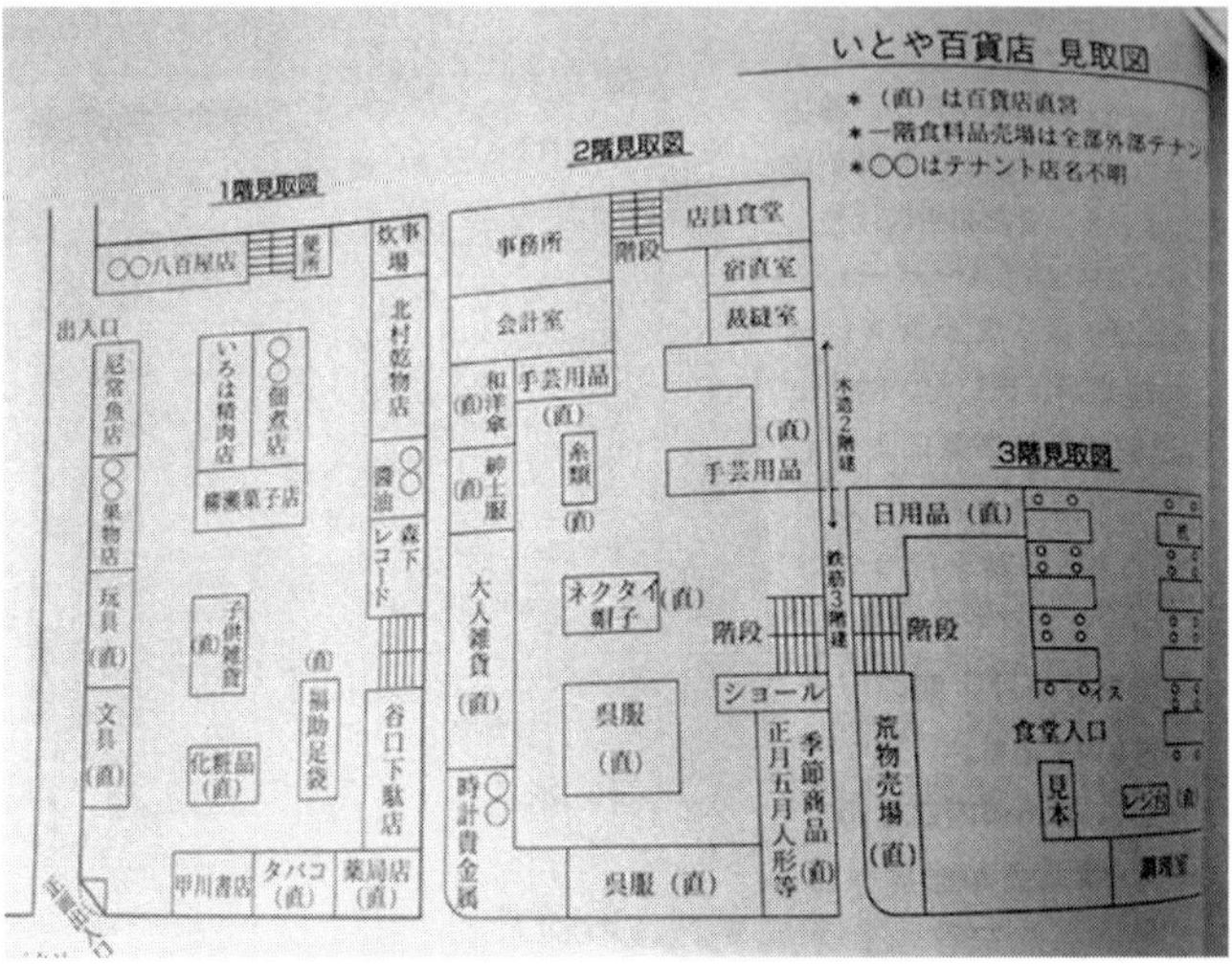


いとや百貨店見取図、インターネット図面提供、乾氏

できるものであろう。

## 謙吾町長

謙吾は三十歳で、政治の世界に足を踏み入れたが、当時の池田町議会は、古くから続く酒蔵や池田炭を商う大店、地主たちが勢力を持っており、その利権争いが公然と行われる場で、町民のための政策を考える場ではなかった。

謙吾は新興商人の代表として町会に出ていたから、大きな力を発揮することは難しかった。自分の考えた町のための施策を実施するには、旧勢力との諍いに巻き込まれるほかはなかった。それは表からも裏からもお金のかかるものであった。というわけで、糸屋百貨店は盛況であったが、もうかったお金はあっという間に政治の工作に消えていった。

謙吾はというと、次々と自分のするべきことが見えてきた。

一番に、本町商店街の前の道にあった階段を取り外す。何でもないことのようだが、これで、リヤカーや自転車で物を運ぶ人たちは、ずいぶん楽になった。

小さなことから始めて、産業道路を作り、猪名川にかかるこんにゃく橋と呼ばれた中橋の架け替えに積極的に取り組んだ。これらは、軍の要請でもあった。

この頃、日本軍は中国への野心に燃えており、国内でも軍備増強に力を入れていた。産業道路は、非常時、戦闘機の離着陸が可能になる直線道路を作るようにと要請があった。橋は、重い物資を運ぶために耐え得るものにする必要があった。これらは、軍用だけでなく、普段の生活のインフラの向上に役立つものでもあった。

謙吾は、率先して新町の店の前半分を削って供出し、土地の買収を成功させた。

こうして産業道路は完成を見た。謙吾の人気はうなぎのぼりで、昭和十年四十歳で池田町長となった。

当時、首長選挙は行われず、町会議員の一番多い派閥の代表が選ばれたり、互選だったりした。当然、謙吾と敵対する勢力もあって、諍いの種は絶えなかった。

町長になった謙吾が、特に力を入れたのは、上水道の整備である。大都市には次々と整備されていたので、以前の町長も上水道の設置を考えていた。が、池田は、昔から、きれいな地下水の出るところで、どの家も井戸を持っていた。湧水を利用した酒造りも行われてきた。農業用水は水量が十分な猪名川が、すぐそばを流れていた。人々が、ぜひ上水道を欲しがっているという状況ではなかったように思われる。どうして、謙吾は水道敷設を悲願のように力を入れたのであろうか。一つそれらしい遠因を見つけることができる。

町長となる二年前、謙吾は二番目の妻栄子にも先立たれている。死因は腸チフス。当時、夏には腸チフスだけでなく、赤痢《せきり》、疫痢《えきり》などの流行があった。これらは感染力が強く、また死亡率も高かったため、法定伝染病とされ、罹れば、隔離されることになっていた。池田にも、回生病院に、隔離病棟があった。

この時、今田家で腸チフスで死亡したのは栄子だけで、家族に感染者は出ていない。使用人の中に症状のある人が出て、気づいた栄子が一人で世話するうち、自分も感染した。二人で回生病院に入院したが、栄子一人が帰らぬ人となった、ということではなかったか。

この想像の根拠は、栄子が薬草園の娘であったため、病気の知識が他の人よりもあったであろうこと。公家の家に奉公に出ていた時に、病気の対処法を教育されていた可能性があること、である。

謙吾は、再び妻を失い、子供三人が残された。長男小学三年、次男小学一年、末娘は就学前であった。三人は祖父母を頼りに育てられることとなる。喜助は、すでに六十代、米は、五十代半ばを過ぎていた。

米は、特に母を亡くした則子を気遣って、治枝の娘光子をしょっちゅう新町の店に連れてきていた。同い年で、ちょうどいい遊び相手だと思ったのであろう。光子は、室町の自分の家に帰る時はかえって緊張したそうだ。

ここで、当時の環境衛生にふれておきたい。現代生活は、あまりにも汚いものから隔離されている。畑の周りの堆肥の臭いとか、牛舎や鶏舎近くの糞尿の臭いなど、家の近くにあってはならないものになっている。

しかし、想像力を働かせてほしい。映像や音響などは、映画やテレビの世界で再現されるが、嗅覚は再現されない。パリのヴェルサイユ宮殿にはトイレがなくて、汚物を窓から裏道に捨てていた。パリの裏道はとても臭かったはずだ。

同じ頃の日本では、牛や馬が荷物を運んでいたから、道に糞尿を垂れ流していた。人のトイレはあったが、汲み取りに来るのは近隣の農家で、農家は、それを肥溜めに入れて発酵させ、野菜などの肥料にしていた。畑の中には肥溜めがあり、子供たちは遊んでいるうちに中に落ちたりした。こういったものの臭いの中で、人々は暮らしていたことを頭に入れておかねばなるまい。

新町の今田家の造りは、道沿いに店。店の中は左半分が畳の間で右側が土間、土

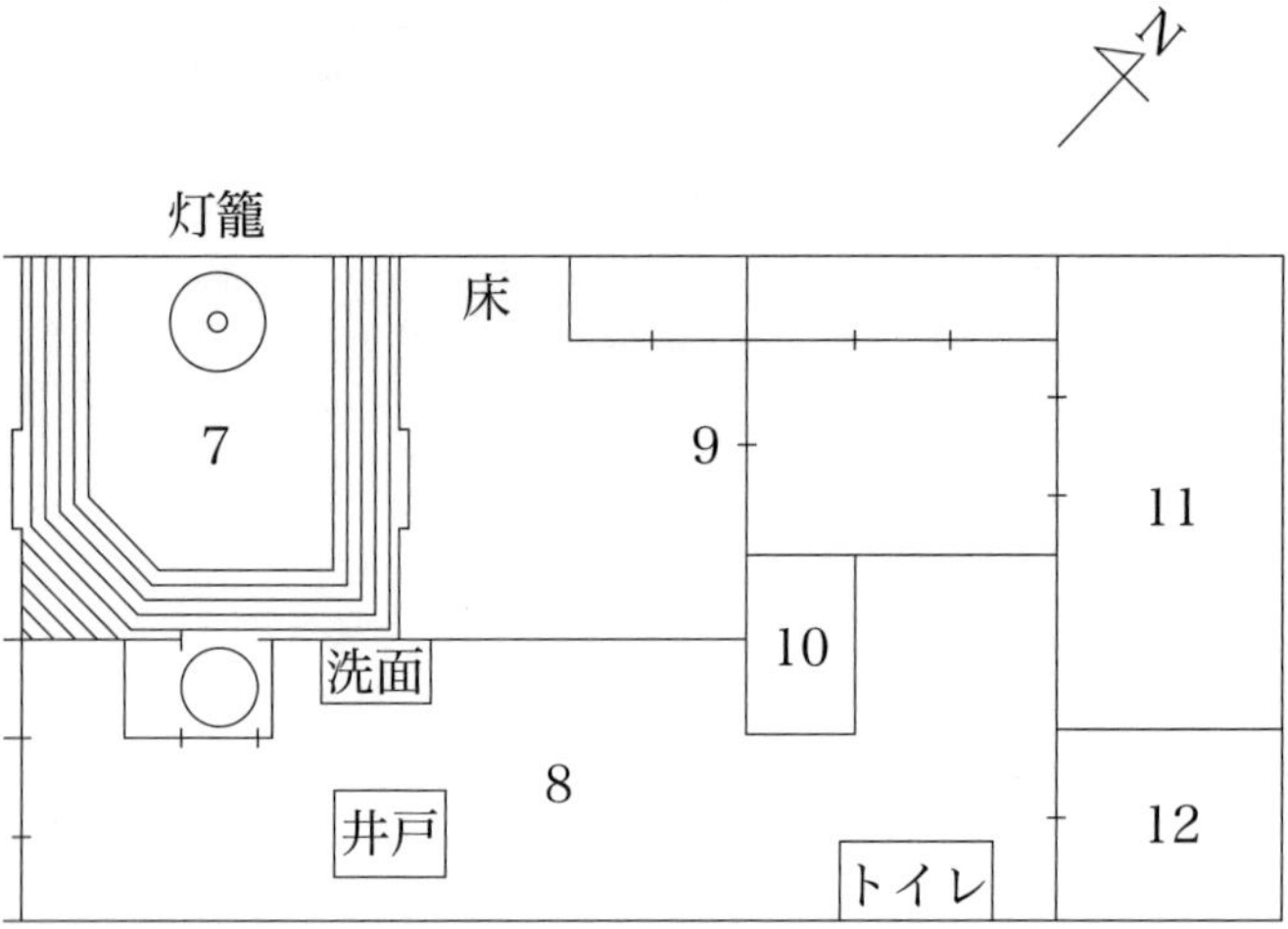


7　中庭　縁側に囲まれ、離れとつながる。途中に五右衛門風呂入口。

8　うら庭　風呂の炊き口、井戸、洗面台、奥に従業員用トイレ。

9　離れ　六畳と三畳の二間続き　床の間と押入れ、三畳は蔵の入口あり。

10　上のトイレ　離れを通らないといけない。

11　蔵。　　　12　納屋。

…点線から左の店の部分を謙吾が産業道路に供出した。

二階詳細は不明。

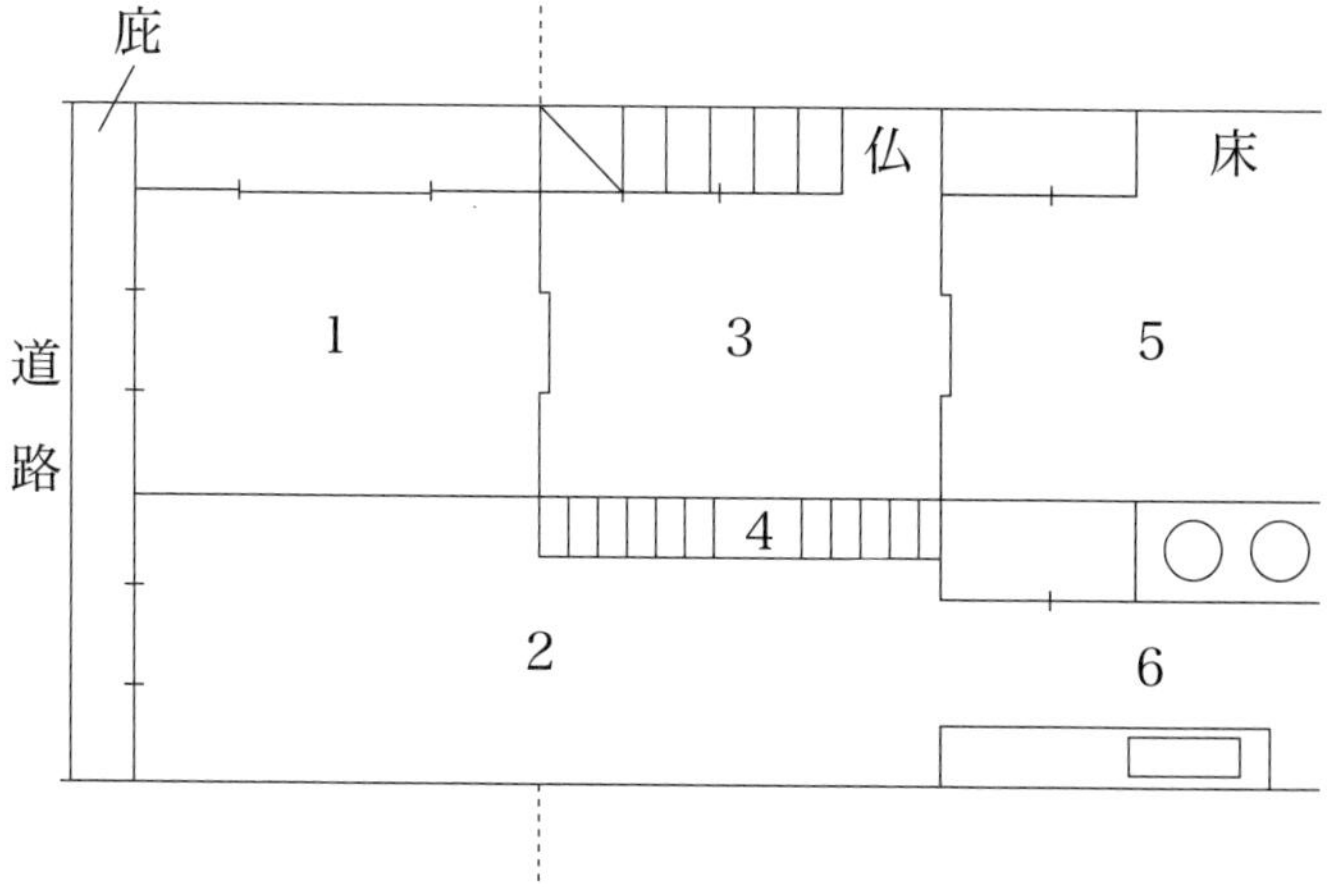


1　接客用畳と商品の収納棚。

2　土間　床几などで小物を並べ、昼間は店先などにも出したか。

3　仏間兼客間　二階への階段と仏壇。

4　広めの縁側　従業員の食事用。

5　居間兼客間　床の間と押入れ。夜は寝室となった。

6　台所　流しとかまど、物入れのある土間。

間と店先に床几《しょうぎ》を置いて小物を並べていた。左の畳の間が店の上物を広げるための場所で、廊下を挟んで、家族の居間、床の間の付いた座敷があった。廊下を左に行くと階段があって、二階は男の子たちの勉強部屋と、布団部屋、住み込みの奉公人たちの寝室があった。

座敷の奥に、小さな中庭と離れへの渡り廊下、途中に五右衛門風呂、離れは二間続きの和室、一番奥に蔵と厠、つまりトイレへとつながっていた。右の店の土間の奥は台所の土間につながり、勝手口を出ると裏庭に五右衛門風呂の焚き口があった。蔵の横には納屋と奉公人用の小さいトイレがあった。裏口はなく、後ろの寺の奥と接していた。このウナギの寝床のような造りは商家の普通の形態であった。税金は、店の間口に比例して掛けられることになっていたからだ。

奥の奥に二つのトイレがあり、出入り口は正面しかないので、月に何度か、汲み取りの人は店の前から入って、汲み取った肥たごを天秤棒で担いで、店の前から出るしかなかった。それをみんなが当たり前のことだと思っていた。

このような環境では、消化器系の伝染病が流行るのは避けられないことであった。

一番効果のありそうなのは、下水道の整備であろうが、まずは上水道整備から、かからねばならない。謙吾は、子供たちには消毒した水道水を届けたいと願った。

一番の問題は、水源である。猪名川が町のそばを流れているが、その水は農地への取水を巡って、対岸の川西地区との争いが絶えなかった。一時は地下水でと考えられたが、これには酒造業者の猛反対にあった。水質や水量が変わったらどうしてくれるというものであった。

折り合いをつけて、猪名川からの取水を決めたが、その水をきれいにする浄水場の土地がない。謙吾は結局、今田家の土地を寄付することで、用地を確保するほかなかった。

池田の水道は、様々な問題を解決するのに時間がかかりすぎたため、大きな問題に突き当たってしまう。浄水場から水を配るための水道管が大量に必要になった。当時の水道管は鉄製で、この鉄管の確保が難しくなっていた。

日本は日中戦争前夜で、すべての物資を軍備増強に回し始めていた。鉄管の使用を認めてもらうため、謙吾は何度も自費で東京まで陳情に出かけて行った。東京には小林一三が請われて商工大臣となって入閣していた。小林は地元の後輩として謙吾に力を貸してくれた。

昭和十三年の末、浄水場は完成した。小学校に上水道が引かれたため、小学生たちが浄水場の開通式に招かれた。最初の通水が張り子のクジラの背中から吹き上がるというパフォーマンスに、子供たちは歓声を上げた。

## 治枝離婚

兄の謙吾が来ると知らせがきた。忙しい兄が、治枝の家に昼間、立ち寄ったことがあるだろうか。治枝は、何となく胸騒ぎがした。

「一人か」

「兄ちゃん、どないしたん。まあ入って」

「やっぱり、ここでは狭いな」

謙吾は奥の間に目をやった。子供の本やら玩具が散らかっている。治枝はそれを片付けたり、隠したりすることなく、お茶を入れようと、台所に立った。その狭さを気に病んでいる風はなかった。

「そやな。室町に比べたら半分やけど、しょがないわ」

治枝は先月、室町住宅から、今田家の借家に引っ越していた。夫の明彦が百貨店を退職して、大阪に薬種問屋を立ち上げようとしていた。その資金に室町住宅を手放したのである。家は、結婚した時に、前金は喜助が入れてやり、後は明彦の給料から割賦を払っていた。名義は、明彦のものであった。

掃除や炊事など、人任せで育った治枝だが、今は家事や三人の子育てが治枝一人に負いかぶさっている。治枝は、今も嫌なことには目をつぶり、気の向くことだけをしようとしているように見えた。

(意外に強い奴やな)

謙吾は、一気に話してしまうことにした。

「明彦は、頑張っとるみたいやがな、実は、薬の店はやめて、満州に行こうと誘われとるらしい。お前、聞いてるか」

「え……」

初耳だった。

「お前、ついて行くか」

しばらくあって。

「薬屋の店は、あかんのか」

治枝は答えず、問いかえした。

「今はどこもおんなじや。品物があれへん。無理して仕入れても売れへん。糸屋とおんなじや。室町売った金が残ってる間に、満州へという話らしい」

「知らんかった」

治枝は、言われたこと以上に気をまわして、ああでもない、こうでもないと斟酌することはしない性格であった。

「満州――」

日本政府は、領土拡大の野心から一般人の移住を奨励していた。仕事のなくなった男たちは夢の地であるかのように満州を目指した。

「お前、ついて行くか」

治枝はやはり、答えない。

「夫婦のことやから、お前に任すというのが本来なんやろうな。けど、わしは、今日、お前に反対のことを頼みに来たのや。明彦が自分の目的があって満州行くのを止めたりせえへん。けれど、お前には一緒にいかんといてほしいんや」

「別れろ、いうことか？」

治枝は聞いた。

「そういうことになるな」

治枝はため息をついた。

まだ誰にも告げてはいなかったが、おなかに、もう一人子供を授かったことを感じていた。もともと身体が丈夫というわけではないのに、つわりは軽く、お産も安産だったので、不安はない。が、生まれた子は、てなし子ということになるのか。でなければ、小学生の子供三人と乳飲み子をつれて、知った人のいない満州に行くか。思い切りのいい治枝にもすぐには答えが出なかった。

「そのうち明彦から話があるやろから、心を決めといてほしい」

お茶を飲み干すと、謙吾は帰って行った。


(どないしょう)

謙吾が言いに来たというのは、父も母も知った上のことだろう。謙吾に、説得してくれと依頼したのかもしれない。なら、相談に行っても結論は出ているということだ。明彦も心を決めているのだろう。

ついて行くことは、親や今田の家を捨てることになる。行かないことは、離婚して子供たちから父親を奪うことになる。

(決めるのは、わてしかないのやな)

治枝は十九で明彦と結婚した時のことを思い返していた。明彦は見合いの席で初めてあった男で、好きとか嫌いとかいう暇もなく、あっという間に結婚は決まってしまっていた。両親と兄が、他にはない良縁と思っていたので、治枝には逆らう理由がなかった。母の米は、信じていた天理教の占い師から「これほどの良縁はない」と、太鼓判を押されて、すっかり乗り気になっていた。治枝は、そんなものかと思い、結婚の準備をしたが、つらいことではなく、むしろ楽しかった。

（そや、もういっぺんあの占い師にきいてみよう）

と、思いついた。

今からなら、子供たちが学校から帰ってくる前に出かけて、戻ってくることができるだろう。表の道は、両親の店の前を通るので、途中から猪名川の河原に降りた。子供の頃からの遊び場だったそこは、明るい光の中にキラキラと流れる川面がまぶしかった。

治枝は、立ち止まって足元を見た。素足につっかけてきた下駄が目に入った。子供の頃は毎日のように明日の天気を占って、ここで下駄をけとばしたものだった。表が出たら満州、裏なら池田。先に三度出た方に決める。治枝は、下駄をけり上げた。三度けって、三度とも裏であった。

占いは終わった。治枝は覚悟を決めた。あとは明彦からの誘いを何といって断るかだけを考えて、その時を待てばよかった。

明るい河原が、ぼっとかすんだ。涙のせいだとは思いたくなかった。

明彦が誘いを口にしたのは、それから数週間後であった。

「治枝、満州に行かんか」

「来年五月に四人目が生まれます。赤ん坊と、三人の子を連れては、いくらわてでも、ちょっと無理や」

初めておなかの子供のことを聞かされた明彦は「そうか」としか答えなかった。

「その子の顔見てから、出発することになるな」

明彦は言った。

「わかりました」

治枝は、泣かなかった。

治枝は片付けは得意ではなかったが、明彦の満州行きの用意はしないわけにはいかなかった。十二年連れ添った男の世話をしてやるのも、これが最後なのだ。自分のものは自分で整えることのできた明彦だったが、全部を満州に持って行くわけにはいかず、本や着物などは、生家の八幡浜に送ることになって、大忙しであった。仕事をたたんだり、金策をしたりで、半年近くを費やした。

昭和十二年九月、明彦は旅行鞄一つで満州に出発していった。

「お父さんと握手しょうか」

「いってらっしゃい」

「おみやげこうてきて」

明彦は子供三人としっかり握手し、生まれて間もない政子を抱き上げた後、門口を出て行った。それが明彦との別れであった。

子供が学校へ行くと、治枝は赤ん坊と取り残された。数日、ぼおっとして過ごしていると、次兄の為三郎がやってきた。

「治枝、もう一ぺん引っ越しや」

「えっ」

「わしの七番町の家をしばらく使え」

「にいちゃんはどないするん」

「わしらは中川原の借家へ行く。今度の学校は室町からは遠いんじゃ。今年の春から転勤になったが、校長は意外と忙しいんじゃ。安江は朝が苦手やし、学校のそばに行くことにした。次の学校はわからんが、四、五年は大丈夫やろ。わしがこっちへ帰ったら、返してくれ」

為三郎の優しさがよくわかった。

「のんびりしてられんぞ。引っ越し準備、しておけよ」

治枝は再び室町住宅に戻ることになった。


昭和十三年、治枝三十三歳の時、謙吾は、治枝のために新しい仕事を用意した。謙吾は自分の名義で郵便局長の資格を持っていた。その年のうちに、本町商店街の裏にあった土地に局舎を建て、本町郵便局を開設した。

当時の郵政制度では、本局、二等局は公的な建物、職員も公務員であったが、三等局については、民間人が局舎を用意して、その人が局長になることができた。他の職員は、公務員試験を受ける必要があったが、局長に人事権があった。

逓信省（郵政省）はこの方式で、三等郵便局を全国に増やしていった。ただ、女性局長というのは認められておらず、名義を喜助の従弟に借りて、実質、治枝が局長職を務めることになった。

「治枝、お前、家事炊事は苦手でも、算盤や帳簿付けはできたやろ。細かいところを合わせてくれる人は頼んであるし、電話や電報はちゃんと訓練を受けた人が本局から来る。窓口には、店の丁稚の中から、しっかりしたのを回してやる」

「わては、何をするのや」

「そやな。局長印を押しとったらええ」

「そんなんで、できるやろうか」

治枝は、自信はなかったが、従業員の使い方、客あしらいなどは、生まれた時から目にしていた。また、なんとかなるやろと思える性格だった。

「兄ちゃんが出来ると言うんやったら、やってみるわ」

謙吾は、こうして離婚させた治枝の家族の収入を確保してやった。謙吾の思った通り、治枝は、局長仲間とも、商店街の店主たちとも、従業員ともうまくやっていくことができた。

北向きだった本町商店街は、郵便局が裏側にできるのがわかると、次々に南向きに店の向きをかえた。人々にとって、大事な通信手段であった。

ただ、家事や子育ては手が回らないこともあった。

それには喜助が、手伝いをかって出た。家の中を手伝ってくれる女たちはもういなかった。治枝の家には、時々近所の婆さんが留守番に通っていたが、子供の土曜日の昼ご飯作りなどには、喜助が室町の家に通ってくれた。

「炊事は何とかなるんやけどな、買いもんがいややや」

この時代、買い出しに、市場に来る男はほとんどなく肩身が狭かった。が、子供たちは喜んだ。祖母の米や母の治枝よりも器用な喜助は、料理も上手だった。喜助は、末の政子をかわいがった。自分たちの意向で、父親の顔さえ覚えていない政子を、憐れまずにはいられなかったのであろう。

## 町長辞職

謙吾は、産業道路の建設や上水道の敷設の他にも、欠食児童対策、戦死者の家族への援助など、人々の生活改善を実行に移している。

謙吾は公の席に出る時は、いつも軍服、サーベル姿であった。サーベルのさやの先についた小さなコマが道路を擦る音がすると、

「あ、謙吾はんや」

と、挨拶した。

いつの間にかファンクラブのようなものまでできていて、「追っかけ」のような女性たちすらいた。謙吾の個人的な人気が出れば出るほど、反対勢力からは目の敵にされることが多くなった。

一番力を注いだ水道敷設が、謙吾の足を引っ張ることとなる。問題は鉄であった。

謙吾は、必死で水道用の鉄管を調達しようとしたが、戦争のために、鉄を供出せよというのが、軍や軍を支持する人々のスローガンになっていた。

軍人が、軍に協力しないなんて、非国民だという非難が上がる。また、浄水場の開通式の際のクジラのパフォーマンスが無駄遣いであるという。浄水場の土地は今田家の寄付であったが、浄水場の建物はむろん公費だった。開通式の経費も、張り子のクジラも。この費用がそれほどの金額を要したとは思われないが、目立つパフォーマンスを目の敵にしたのであろう。開栓の瞬間にクジラの背中から潮が吹き上がるなんて、微笑ましいくらいのものではないか。

ある夜、則子は夜中に目が覚めた。おそらく十時過ぎぐらいだったのだろう。

喜助と米はまだ床についておらず、火鉢に手をかざしていた。則子をめざめさせたのは父謙吾が帰宅した音だった。則子は、布団の中からぼおっと三人を眺めていた。

「おそうなりました」

謙吾は、そのまま離れの自分の部屋に行こうとした。

「ちょっと、そこへ座ってくらはるか」

声をかけたのは米だった。

「話があります。あんさん、自分のしたはることが、分かったはるんやろな。このごろは、百貨店も前みたいに儲かってえしまへん。そやのに、あんさんの使わはるお金は増える一方や。それがみんな、借金になってしもうてるのは、わかってはるんやろな」

謙吾は言葉もなく頷いた。

「あんたは、町長さんやけど、糸屋の社長や。今田の跡取りで、三人の子の父親や。そろそろわてら夫婦を当てにせんと、育ててくれる人を、みつけてもらわんとな」

米の説教は、しごくもっともなものであった。謙吾は返す言葉がなかった。

確かに親二人は、すでに楽隠居していい年なのに、喜助は、百貨店を切り盛りし、米は、三人の子供の面倒を見ていた。

謙吾はこの時、四十代にはなっていたが、もう一度、結婚しても不思議はない年であった。女性ファンも多かったが、謙吾はその気にはなれなかった。結婚したとたん、町長夫人、百貨店社長夫人、今田家の跡取りの嫁、三人の子の母という四役をこなせる女がいるだろうか。また、前の二人の妻に不条理な死を迎えさせてしまったと思い込んでいる謙吾は、もう一度とは、とても思えなかったのである。

謙吾は、二人に頭を下げると、奥から旅行かばんをひき出してきた。そのまま夜汽車に乗るために大阪に向かった。東京へ陳情に出かけるためである。自費で出かけていたので、夜汽車で行くのが一番安上がりで、時間もかけないで済んだからだった。

そうした苦労を重ねて、ようやっとこぎつけた水道敷設であったが、町議会は、紛糾に紛糾を重ねた。

池田は人口増加にくわえ、近隣の町村を吸収して、市政へ移行しようとしていた。昭和十四年十二月の選挙で、トップ当選を果たした謙吾は、議会の議長に選出された。しかし、市長を選ぶ段になって、謙吾を市長にしたくない勢力との、しのぎあいが再燃した。結局、両派のどちらからも距離を置いていた七十五歳の藤阪寅次郎を市長に選んだが、それだけでは収拾がつかず、議長の不信任案が提出された。謙吾は不信任案は否決するが、次の日、自ら辞任を申し出て、その日のうちに、議員まで辞職してしまう。昭和十五年初めのことであった。

なぜ、謙吾は政治の世界から身を引いてしまったのであろうか。これに、正確な答えはない。以下は、私の想像である。

「今田はん、いたはりまっか。ちょっとええかな」

新町の糸屋の店を訪れたのは高原操である。高原は、大阪朝日新聞の主幹であったが、朝日が戦争推進に方向転換したのを機に、仕事をやめ室町住宅で隠居生活を送っていた。この時、六十五歳であった。

「えらいもめてるそうやないか。はっきり言わしてもらうが、あんたが引かなければ、池田は、収まりがつかんとは思わんか」

謙吾は、黙ったままであったが、自身気づきはじめていたことであった。

「あんたが一番池田のことを考えているのは、ようわかっとる。けどな、今はあんたに、池田を冷静に収めることはでけへん」

謙吾は頷くしかなかった。

「いつか、あんたのしようとしたことがわかってもらえる日がきっと来る。それまで辛抱しなはれ」

こんな会話が交わされていたのではなかろうか。

次の日、謙吾は議会からだけでなく、政治の世界から完全に身を引いた。

それでも議会はおさまらず、暴力沙汰まで起きて、国から池田市議会の解散命令が出てしまう。よほどの不祥事のように見えるが、池田の他にも全国で二十あまりの自治体が、同じような命令を受けている。議会制民主主義が未熟だったこの時代には、ありがちな不祥事であったようだ。

このあと、再び市議会議員選挙が実施されることになるが、選挙管理人となったのは高原で、今までとは違う選挙方式を提案する。「金のかからない選挙」である。

地区から推薦を受けた候補者を定員ちょうどの数選び、立候補させる。定員ちょうどなので、無投票当選である。当然、買収やバラマキなど選挙費用はかからない。その結果、極端な主張の人、血の気の多い人、自分の利益しか考えない人などが除外される、というものだった。結果、藤阪市長のもと、池田市議会はおとなしいものとして生まれ変わった。高原は、選挙管理委員長に徹して、自ら政治の現場に足を踏み入れることはなかった。

新しい議会は、もめ事を起こすことなく、大政翼賛会の言いなりであった。時代の要請ではあったが、これを主導した高原には痛し痒しであったろう。彼は非戦論者であったのだから。

謙吾は自身の身の振り方を考えていた。二年かけて、様々な役職の引継ぎに取りかかった。公私含めて五十以上の役職を辞するのは大変な作業であった。

さらに自分の借金の始末に、糸屋百貨店の社屋を売却した。すでに華美な商品を調達するのが難しくなっていたので、百貨店経営はできていなかった。閉店するにあたっては、株主への出資金返済などもしなければならなかった。売却で謙吾の借金の返済が全て解消したのかどうか、詳しいことは不明である。

この時、同じ糸巻の社章を使っていた商社に売却されたが、この建物は、近隣にはない鉄筋コンクリート造りであったため、軍が通信施設として接収した。戦後は、郵政省が電報電話局として使用した。

## 出征

昭和十四年、日中戦争を始めて、世界から孤立しつつあった日本は、十六年の十二月八日、真珠湾奇襲で、アメリカに宣戦布告した。太平洋戦争の始まりである。十五年に議員辞職した謙吾は、二年かけていろいろな整理をつけた後、十八年五月に、陸軍歩兵中尉として出征している。

この頃、兵隊は不足し始め、長男でも、跡取りでも、学生でも、兵役免除されることはなくなっていった。近視の丙種合格の人さえ、この頃には召集されるようになった。在郷軍人にも召集はかけられて、兵隊は若い人ばかりではなくなった。しかし、四十七歳で、町長だった謙吾までは召集しなかったと思われる。では、どうして謙吾に召集がかかったのか。どうやら謙吾は、自ら召集を願い出たようだ。

謙吾にとって、議員をやめたあと、自分を支える生き方とは何であったろうか。謙吾は軍人であったので、非戦論者ではなかった。戦いは、民衆を守るためには必要なものであると考えていた。

謙吾には、議員という上着を脱いだ後には、軍服しか残っていなかった。その後の人生の目標は、軍人として生きる道しか残っていなかったのではなかろうか。謙吾が自ら召集令状を望んだのであれば、今までの自分の信念に従ったと考えるのが自然であろう。

謙吾が死に場所として戦場を選んだのではないかと考える歴史家がいるが、私はそうではないと思う。たとえば、特攻を志願した若者たちの死は自殺であろうか。彼らは結果として死んでいったが、死を望んだわけではないはずだ。謙吾もまた死を覚悟したかもしれないが、死を望んだわけではない。それが軍人としての務めであり、全うしようとしただけであろう。と、私は思っている。

昭和十八年に召集された謙吾は、近隣の人々に戦地へ立つ覚悟を述べた後、
「後に、年老いた両親と、成人前の女、子供を残していきます。よろしくおねがいいたします」と付け加えた。

聞いていた治枝の長女光子は、女学生になっていたが、
（おじさんはやっぱり演説が上手やな）
と、感心した。謙吾は、わかりやすくみんなを納得させる話し方をする人であったようだ。

十九年に、南方の前線に送られることが決まった。謙吾の任務は、医療部隊を守る後方部隊の部隊長であった。しかし、これは日本陸軍の最悪の作戦、ビルマにおけるインパール作戦だった。兵隊たちは、武器や食料や薬品などの補給がないまま、ジャングルに放り出された。投入された兵は九万、戦死者は三万に及ぶ。後方部隊

にいたとかは問題にならない。

謙吾が大阪駅を出発する日、女学校に集められていた則子は突然呼び出された。

「嬢ちゃん、今すぐ大阪駅や」

在郷軍人会で謙吾付きだった男が則子をトラックに乗せた。駅の中を引きずるようにして連れて行ってくれた先に、汽車が止まっていた。

「ここや、ここや」

則子は、その男の肩にかかえ上げられて、父と握手することができた。則子の知る父の最後の姿であった。二人の兄は、既に動員で大阪を離れ、会うことはかなわなかった。

戦いの、どの時期に謙吾が亡くなったかは分かっていない。戦地からは、とても暑い所だと言うハガキがきている。治枝にも、生活を気遣うハガキを出している。

死因は病死となっていた。マラリアだろうか。謙吾のためには、ジャングルの中で、食料もなく、誰が味方だかわからないような地獄を、見る前に亡くなっていることを願ってしまう。

## 銃後

銃後とは、内地（日本本土）の庶民の戦時中の生活を指す言葉である。太平洋戦争は昭和十六年に始まったが、謙吾が出征した十八年ごろまでは、本土空襲は、まれであった。小学生をのぞく学生たちには軍需工場などへの動員がかけられて、授業は、おこなわれなくなっていった。男の子たちは家を離れて、軍需工場の宿舎に寝泊まりして、武器や飛行機の部品などを作った。

謙吾の長男幸利は、二十歳になり、腎臓の病歴があって徴兵検査が丙種であったにもかかわらず、徴兵された。本土の病院の衛生兵であった。同じ年、次男の正康は志願して、十八で予科練に入って、千葉に行った。治枝の長男文男は、東京に出て、日大予科に入っていたが、地方の軍需工場に送られていた。次男旭は中学に入ったばかりであったが、他家に養子に入ったため、京都にいた。

女学校の生徒は、近くに軍需工場があれば、家から通うことができた。謙吾の娘則子はパラシュート生地の縫製作業に通っていた。治枝の長女光子の動員先は、大阪市内のグリコの製菓工場で、慰問用の飴を包む作業であった。同じクラスの生徒の父兄にこの工場の関係者がいて、計らってくれたからで、他の生徒からは、羨ましがられたそうだ。

治枝の郵便局長としての業務は戦時中だからこそ、結構忙しかった。出征兵士に手紙を出す人、戦地から来た手紙の配達の仕分け、子供や親類に荷物を送る人などが多かった。

十九年に、喜助が、風邪をこじらせて亡くなると、今田家は女ばかり五人が残された。治枝は新町の店に帰って、五人で住むことに決め、さらに海軍に「かくれ住処《すみか》」を提供することを決めた。

この頃の海軍は、アメリカのレーダーから逃れることができず、軍港、軍艦を次々と失って、兵隊の宿舎も、ままならない状態であった。そのために近郊の一般の住宅で余裕のある所からの借り上げを、市町村に依頼していた。陰で「陸《おか》に上がった海軍さん」などと揶揄されたようだ。

新町の糸屋の店には、奥に二間続きの離れがあったので格好の場所だったのだ。光子は、母の豪気に驚いた。女ばかりの中に知らない男の人が三人というのは大丈夫だろうかと心配になったが、これは杞憂で、男手のいる力仕事の手伝いをしてもらったり、海軍からの物資の支給や、兵士たちの田舎から送られてきた食糧を、分けてもらえたりして、生活は楽になった。

大阪市は昭和二十年三月十三日から、何度かにわたって空襲を受けている。光子の働いていた大阪市西淀川区も爆撃を受けた。恐らく六月の大空襲の日であったろう。あたりに、菓子工場以外に多くの兵器工廠があったので、爆撃対象になった。

その日、光子は、いつものように阪急宝塚線で、池田から十三まで行き、引率の先生と合流して、一時間歩いて工場まで行った。着くとまもなく、空襲警報があって、防空壕に避難した。警報が解除になると、

「今日は爆撃を受けたところが多いので、仕事はせんで、家に帰りなさい」と、指令が出た。

阪急宝塚線も爆撃を受けて、止まっていた。十人余りの女学生たちは神崎川沿いの道を、歩いて帰ることにした。と、一機の米軍機が近づいて機銃掃射を始めた。生徒たちはそばの畑の中に倒れこんで身を隠した。飛行機はあっという間に飛び去ったが、起き上がった生徒たちがすぐに点呼を取ると、一名足りなかった。

一人が、爆弾の破片を腹に受けて即死していた。光子の友人で、一緒に畑の中に飛び込んだものと、光子は思っていたのだ。女学生たちは近所の家からゆずりうけた戸板の上に、友達の屍を載せて順番に担ぎながら、豊中の彼女の家まで運んだ。葬列は、無言で涙もなく粛々と進んでいった。

その日、光子が池田の家に帰り着いたのは、夕方遅くなってからであった。

「やっと、帰ったか」

気丈な治枝も、阪急電車不通の知らせを聞いていたので、仕事が終わると家の外まで出て待っていた。

これは、私の母の記憶である。他の人たちにもそれぞれの銃後の暮らしがあったのであろうが、今は聞くこともできない。

昭和二十年八月十五日、日本は、無条件降伏し戦争は終わった。銃後の暮らしも終わりを告げた。

## 戦後

出征していた男たちが、次々、帰って来た。といっても、だれが、いつ帰るのかは知らされなかったので、家族は、今か今かと待ちかねた。

今田家では、衛生兵で内地にいた幸利が一番に、すぐに、千葉から、特攻隊の出撃直前だった正康、東京から、学生だった文男が帰って来た。しばらくたって、謙吾だけは戦死の知らせが入った。ビルマで、戦病死したとの報告があったが、白木の箱の中に入っていたのは、石ころ一つであった。母のなかった謙吾の子供たちは、父親をも失った。

幸利は、成人していたので、父と、戦中に亡くなった祖父の葬儀を、喪主として執り行った。謙吾は前町長であったので、市葬として、立派な葬儀が行われた。享年四十九歳であった。

米にとって、謙吾の死は受け入れがたいものであろうと、治枝は心配したが、

「お父ちゃん、死んだなんて、いやや」

と、大泣きした則子の背中を、なでてやるだけであった。

(喜助も、謙吾も、いなくなった今、今田は誰に託したらいいのだろうか、三人の孫は、私一人で、育てなくてはならないのか)

そんな思いが強かったであろう。米が、急いだのは、三人の孫を、独り立ちさせることであった。必要なことは、いい伴侶を見つけることだと、米は信じて疑わなかった。

跡取りの幸利には、ちゃんとしたところから、嫁を取って、跡取りとして一人前

になってもらわねばならない。次男正康は、亡き母栄子の実家、伊丹の小原家が、女子ばかりなので、婿養子の約束が以前からできていた。

また、米は、則子を、小さい時から得意先などに連れ歩き、「この子をもろってやって」と頼んでいた。そのかいあってか、池田の旧家から、謙吾の政敵の支援者ではあったが、縁談があって、十九で嫁入りが決まった。

跡取りの幸利にも、為三郎の校長仲間、角田家の一人娘、敦子との結婚が決まった。米は、これでやっと、自分の役割は終わったと思ったことであろう。今田の本家は、若いながらも身を固めた幸利が、何とかしていってくれるだろう。為三郎は、もう堂々たる校長会の重鎮だし、治枝も、すでに八年間、郵便局長を務め、一人で子供たちを育てている。戦後は、女性の局長も認められることになったので、名実ともに、池田本町郵便局の局長となっている。

戦争は終わったのだ。七十歳になろうとしていた米は、自分のするべきことはみな、し終えたと思ったはずだ。

幸利が、すでに所帯を持っていたので、治枝は郵便局長の職を譲ることにした。もともと、兄謙吾の名義の局であったたし、自分は、職員として今まで通りの事務をすればよいと思った。幸利は、局長の給料を取りながら、したいことを探せばいい。いやになったら、局長の職を返してくれればいい、くらいのつもりであった。

治枝の長男文男は、大学を出てすぐに恋愛結婚をして、一人娘の養子になってしまった。長女の光子は、三年ほど阪急電鉄の事務所で働いた後、見合いで、大阪市内の跡取り息子に嫁いでいった。養子先からもどった次男旭は、神戸大の教育学部を出て、英語の教師となった。

この時点で、治枝と一緒に住んでいるのは、末娘の政子だけになっていた。治枝は、二人くらいなら、どうとしても生活できると思っていた。

ところが、思いもかけないことが起こった。

ある日、治枝は、いつものように五時で局を閉めて一日の入出金を合わしていた。

「現金が足りませんねん」

年かさの職員が、青い顔で報告に来た。

「いくら」

治枝は、帳簿の印をつきながら答えた。珍しいことではなかった。当時、集計は全部手動で、紙幣は人が手で数えていた。数えなおしやなと、思った。

「それが、今日の預り金の半分以上の紙幣がありません」

「えっ」

さすがに、治枝も顔を上げた。

「今日は給料日の後やよって、三十万以上もありました。でも、今十二万しかのうて」

「局長は？」

「出かけたはります」

「六時半には本局の係の人がきゃはる」

「もう、時間、あらしまへん」

幸利が帰って来たのは、その夜、十時を過ぎてからであった。

「えらいことやったんやで。あんた、なくなった二十万ほどのお金どうなったか知ってるんと違うか」

「今日のうちに用意せんと、角の店の権利が手に入らんかったんや」

「それで、渡してしもたんか」

治枝は、あきれてものが言えなかった。

結局、幸利は、局長職をおろされて、治枝が局長に戻った。

その後も、幸利の持ち出す金は増えていった。人様のお金を使うことはなくなったが、喜助や謙吾名義の財産は、ほとんどが幸利名義に変わっていたので、どれだけ、何に、お金をつぎ込んだかは、今となってはよくわからない。

幸利がお金を用意しては、出奔する日々が続いた。お金が無くなると、池田に戻ってきた。酒や女、博打に使っているのではなかったが、あまい儲け話につられて、お金を出しては騙された。地道に働くのでなく、一気に取り戻したかったのだ。

こんな出奔を繰り返していた幸利が、ふらりと帰って来て、治枝を訪ねた。

「やっとお帰りかいな」

治枝は、皮肉まじりに答えた。

「おばちゃんに、話あんねん」

「どうせ、お金やろ。あるわけないで」

「そやけど、この局、取られたら困るやろ」

「どういうことや」

「いや、この局舎、まだ、わしの名義やねん」

「そんな、あんたが、局長降りた時、名義料、はろたやないか」

「けど、登記は、してなかったんや。そやから、局舎はまだわしのもんや」

「なんやて、そんなこと……」

治枝は息が詰まった。

あの時、自分で、名義変更をするべきだった。この男は、際まで追いつめられると何をするやらわからんと、背筋に寒気が走った。

「わかった。それで、いくら私から持って行くつもりや」

治枝は、いざとなれば、借金してでも、局は守らねばならないと思った。

「二度目なんはわかってるさかい、そんな無理なことは言わん。ちょっとだけ、辛抱してえな」

何がこの男を、こんなにしてしまったのかと、治枝は思った。

病気の時、謙吾と幸利だけには、住み込みの看護婦を付けるなど、母の米が大事に特別扱いして育てた跡取りであった。

治枝にとっても、母を早くに亡くした不憫な甥であった。治枝は自分の子と合わせて、六人分の父兄会に出たこともあった。なのに、何を考えているのか、もう、わからなかった。治枝は見限るしかないと思った。

幸利が、毎月決まったものを送ってこないので、米と敦子、三人の子供たちの生活費は、亡くなった謙吾の軍人恩給だけであった。

それだけでは足りないので、治枝は、敦子を郵便局で雇うことにした。敦子の実家の角田家からは、三人の子供を連れて帰って来いと、何度も催促があったが、なぜか敦子は断り続けた。

治枝の末娘の政子は、短大を出て公務員試験を受け、郵便局の職員として勤務するようになった。その後、見合いをして小学校の教員と結婚する。その人が次男であったため、今田の姓を継いでくれ、治枝と同居をしてくれることになった。それで、治枝のうちは大人三人の給与が入った。

治枝は自分の給与を全部、敦子に渡して言った。

「これから先、子供が上の学校に行ったら、あんたの給料だけではやっていけへん。お母さんの軍人遺族年金ぐらいでは、とても助けにはならんやろ。子供三人が、おおきなって稼ぐようになるまでつこうといて」

「おばちゃん、ほんまにええのん」

敦子は深々と頭を下げた。この応援に応えるように、子供たちは、三人とも大学を出て、ちゃんとした職に就いた。父親を、反面教師としたのであろうか。

九十をすぎると、米は寝たり起きたりを繰り返すようになった。すっかり痴呆が進んで、娘の治枝の顔もわからなかった。

「あんさん、よう見舞いに来てくれはって、おおきに。わてにも、娘があるけど、病気でもしたんか、顔見せへんのだっせ」

と、治枝に言ったりした。治枝は情けながったが、米は、よくしゃべった。見舞客の間には笑い声が絶えなかった。

私も覚えがある。二十歳の曾孫の私に、

「あんたいくつだっか。四十くらいか。若いなあ」

と、言ったり、
三十過ぎの政子には「二十くらいか」

と、言って喜ばせたりと、曾祖母の痴呆はとても明るいものであった。

寝付いて、意識がなくなってからも、

「まだやな、心臓が丈夫やよって」

と、往診に来た医者は、来たり帰ったりを繰り返した。亡くなった時は九十四歳であった。池田市で二番目の長生きで表彰されたこともあるほどであった。

半年後、治枝がすい臓がんであっという間に亡くなった。享年、六十三歳。現役の郵便局長のままでの葬儀であった。

その後、幸利の子供たち三人が職を得て池田を出ていくと、新町の糸屋呉服店だった建物に住むのは敦子一人となった。

とたんに、幸利は店の土地建物を売り払った。敦子は住むところまでなくしてしまった。これが池田に残った今田本家の不動産の最後であった。

## 結末

敦子は池田で一人、アパート住まいをしていた。子供たちは母親を訪れたが、金目の物のなくなった池田に、幸利は帰らなかった。

ある日、京都から、聞いたことのない女の人からの手紙が、敦子に配達された。存外に分厚い封書であった。

『突然のお手紙をお許しください。私は京都の祇園で小料理屋の手伝いをしているものです。三年ほど前からご主人幸利さん（私たちはとっさんと呼んでおります）と一緒に住み込みで働いておりました。

とっさんも私ももう六十をすぎておりますので、男と女というようなものではなく、お金のない者同士が一緒に住んでいるようなものでございます。

とっさんが、この間、倒れまして、今、入院中です。肝臓がんの末期で、手術もできんそうです。会いに来てやってとか、看病をとか言うのではありません。とっさんもそんなことはとても望めないと承知しております。

私は、行きがかり上、最期を看取ってやるつもりではおりますが、全部が済みましたら、ご連絡を差し上げますので、とっさんのお骨を、池田の今田の墓に収めてあげていただけないでしょうか。

今さら虫のええことをと、思われるかもしれません。けれどとっさんの唯一の望みは池田へ帰ることでした。それだけを考えて生きてきたのです。小さい頃の遊び場だった五月山、地蔵盆のがんがら火や花火、それに糸屋百貨店の屋上からの眺め、うわごとのようにそんな話ばかりをしています。そして、敦子のために、家を建ててやりたかったと、また、おばあちゃんのために、糸屋百貨店をもう一度手に入れたかったと。

あの人の頭の中では、子供の頃の七年間存在しただけの糸屋百貨店が、煌々と輝いており、それを自分のものにする夢が続いていて、それさえ取り戻せたら、全部が元に戻ると信じているのです。他のどなたにも、昔のものとなってしまった糸屋百貨店が、あの人にだけは今も輝いているのです。

せめて、亡くなった後のお骨だけでも、池田に帰してやりたいと思いまして、お手紙を差し上げた次第です。どうぞ、とっさんの最期の願いを叶えてやって下さい。全部が終わりましたら、またお知らせいたします。』

差出人は早苗とだけ記されていた。住所も店の名も書かれていなかったので、敦子はどうしたものだろうかと迷った。探しに行くのがいいのか、連絡を待てという言葉通りにしてくれということなのか。迷っているうちに再び手紙がきた。

『もう、ほとんど意識がありません。何もかも済んでからと思っていましたが、一目だけでも会ってもらった方がと思い直してお手紙いたしました』

と、病院の名前が書かれていた。敦子は、子供たちと相談して、京都に向かった。

幸利はその二日後に亡くなった。享年六十三歳。

「かわいそうなお人でした」

早苗というその女は静かに言った。

「ほんまに」

敦子もその通りかもしれないと思った。けれど、自分は何も知らない、知らされてこなかったと思った。

この男にもう振り回されることはないのだ。ほっとしたような思いがけない静けさが敦子を包んだ。

# エピローグ

糸屋百貨店をめぐる話を調べてきて、私には、どうしても腑に落ちないことがあった。敦子の気持ちである。

見合いで嫁に来て、間もなく、夫は公金を使い込み、職を失くす。その後、家の不動産を次々売却して出奔を繰り返し、時々しか家族の元に帰ってこない。

家には夫の祖母が同居している。実家の父からは子供を連れて帰ってくるようにと何度も催促がくる。お金を送ってくるでもなく祖母のもらう軍人恩給で生活しなければならない状況で、どうして辛抱ができたのか。

私はこの物語を、本にするにあたって、彼女の長女に手紙を書いた。書くことを了解してもらおうと思ってである。彼女からは長い丁寧なメールの返事をいただいた。

「父は確かにいろんなことをし、いろんな人に迷惑をかけました。ただ、私の父の思い出は、どれも良いものばかりです」という言葉に驚いた。恨み言は、少しも書かれていなかった。

幸利は、家族に負い目のある分、優しかったのではないか。悪い人だと思われている人ほど、少しの自分の味方には誠意を見せるものなのだと気づかされた。敦子も、そういう幸利の気持を、捨てきれなかったのだろうか。


私の小学校一年の時の記憶にもこれに響きあうものがある。私は家の事情で一カ月ほど池田の祖母のうちに預けられた。郵便局の局舎の二階だけだったので新町の家にもらい風呂をした。

ちょうど、幸利が、テレビを持って帰ってきていた。自宅にテレビのある家などほとんどない時代である。その日は、プロレス中継があって、近所の人がわんさとやってきた。米ばあちゃんは、嬉しそうにその人たちのために、座布団をあるだけ出してならべた。これは幸利のおばあちゃん孝行であったのであろう。テレビを作る工場を建設するという話であったらしい。が、実現していない。そんなことが繰り返されていた。

最近、私は父の原戸籍を取り寄せた、私の出生地は池田市新町になっていた。母が、帰省出産したからであるが、これは郵便局ではなく、糸屋の店の住所である。場所は大叔父が産業道路に土地を供出した際に、作り直してできた二階の客間であった。私は見たこともないままで、その部屋はとっくに壊されていた。

誰の心からも、糸屋百貨店が消えてしまった時、つまり幸利が亡くなった時、私は四十歳に近かった。そしてこんな終焉があったことを、少しも知らなかった。百貨店の写真すら、見たことがなかった。母が二歳の時に建てられ、現役七年、その後五十余年の夢の終わりであった。

## あとがき

この物語の具体的な逸話の多くは、私の母とその従妹の記憶によるもので、二人は今年、九十四歳になります。二人が元気なうちにこの物語を残しておきたいと思い、不首尾でも本にしておきたいと思いました。

この本の出版を引き受けてくださった編集工房ノアの涸沢純平様に感謝いたします。

表紙は、私がかつて参加していた児童文学同人誌ＴＥＮの仲間で絵本作家の薄井俊様にお願いしました。

また、歴史的な事実は「池田市史」第三巻を参考にしました。

協力下さった皆様に感謝いたします。

二〇二三年九月

坂上万里子

今田屋家系図

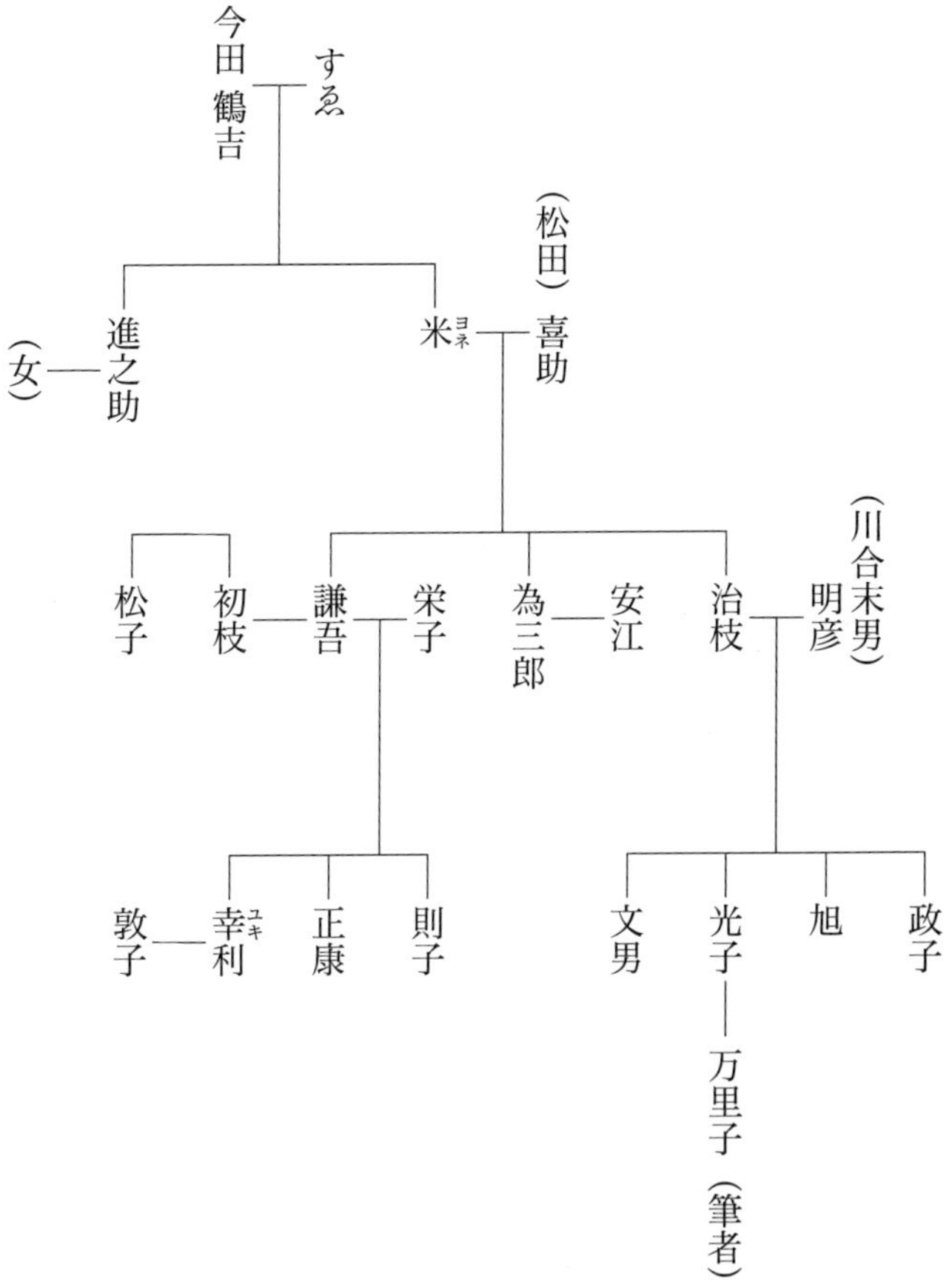
今田鶴吉
するゑ
進之助
（女）
米《ヨネ》
（松田）喜助
松子
初枝
謙吾
栄子
為三郎
安江
治枝
（川合末男）明彦
敦子
幸《ユキ》利
正康
則子
文男
光子
旭
政子
万里子（筆者）

坂上万里子（さかのうえ・まりこ）

1950年　大阪府に生まれる。

　　　　26歳まで大阪市東淀川区に住む。

1976年　結婚して神奈川県小田原市に３年。南足柄市に14年住む。

1985年頃　南足柄市立図書館のおはなし会ボランティア手作り絵本の会などに参加。

　　　　南足柄市グリーンヒル地区の公民館に子供文庫を開く。

1990年　第39回毎日児童小説（小学生向き）で最優秀賞受賞。

　　　　日本児童文学協会創作教室10期に参加。後同人誌 TEN 同人となる。

1993年　つれあいの故郷・福岡市にＵターン。

　　　　朗読奉仕グループ民放クラブ参加。10年位。

　　　　福岡市総合図書館朗読ボランティア２～３年。


現在は、太極拳四段・Ａ級指導員。

「糸屋《いとや》百貨店《ひゃっかてん》」始末《しまつ》
二〇二三年十二月一日発行
著　者　坂上万里子
発行者　涸沢純平
発行所　株式会社編集工房ノア
〒五三一―〇〇七一
大阪市北区中津三―一七―五
電話〇六（六三七三）三六四一
FAX〇六（六三七三）三六四二
振替〇〇九四〇―七―三〇六四五七
組版　株式会社四国写研
印刷製本　亜細亜印刷株式会社

ISBN978-4-89271-376-7
不良本はお取り替えいたします

表示は本体価格

## 軽みの死者
富士　正晴

吉川幸次郎、久坂葉子の母、柴野方彦、大山定一、竹内好、高安国世、橋本峰雄他、有縁の人々の死を描く、生死を超えた実存の世界。　一六〇〇円

## 象の消えた動物園
鶴見　俊輔

私の目標は、平和をめざして、もうろくするということです。もっとひろく、しなやかに、多元に開く。2005～2011最新時代批評集成。　二五〇〇円

## 北園町九十三番地
山田　稔

**天野忠さんのこと**　エスプリにみちたユーモア。ユーモアにくるまれた辛辣さ。巧みの詩人、天野忠の世界を、散歩の距離で描き絶妙。　一九〇〇円

## 火用心
杉本秀太郎

〔ノア叢書15〕近くは佐藤春夫の『退屈読本』遠くは兼好法師の『徒然草』、ここに夜まわり『火用心』、文芸と日常の情理を尽くす随筆集。　二〇〇〇円

## わが町大阪
大谷　晃一

徹底して大阪の町、作家を描いてきた著者の、私が住んだ町を通して描く惜愛の大阪。血の通った大阪地誌。戦前・戦中・戦後の時代の変転。　一九〇〇円

## わが敗走
杉山　平一

〔ノア叢書14〕盛時は三千人いた父と共に経営する工場の経営が傾く。給料遅配、手形不渡り、電車賃にも事欠く、経営者の孤独な闘いの姿。　一八四五円

## かく逢った
永瀬　清子

詩人の目と感性に裏打ちされた人物論。宮沢賢治、高村光太郎、萩原朔太郎、草野心平、井伏鱒二、三好達治、深尾須磨子、小熊秀雄他。　二〇〇〇円

## 日は過ぎ去らず
小野十三郎

半ば忘れていた文章の中にも、今日の状況の中でこそ私が云いたいことや、再確認しておかなければならないことがたくさんある（あとがき）。一八〇〇円

## 日が暮れてから道は始まる
足立　巻一

筆者が病床で書き続けた連載「日が暮れてから道は始まる」（読売新聞）「生活者の数え歌」（思想の科学）に、連載詩（「樹林」）を収録。一八〇〇円

## 大阪笑話史
秋田　実

〈ノアコレクション・2〉戦争の深まる中で、笑いの花は咲いた。漫才の誕生から黄金時代を、世相と共に描く、漫才の父の大阪漫才昭和史。一八〇〇円

## 庄野英二自選短篇童話集

一九四九年から八三年の三十四年間の作品から自選した二十篇。自然と人の美しさを端正に描くなかに深い味わいが交響する作品集。　二二〇〇円

## 大阪ことばあそびうた
島田　陽子

大阪弁の面白さが見なおされている。ユーモアにあふれ、生活感のある大阪弁で書かれたことばあそびうた。著者は万博の歌の作者。　一三〇〇円